O verão de Raymie Nightingale

O verão de Raymie Nightingale

Kate DiCamillo

Tradução
Rafael Mantovani

wmf martinsfontes

SÃO PAULO 2019

Esta obra foi publicada originalmente em inglês com o título RAYMIE NIGHTINGALE
por Walker Books Limited, Londres.

Copyright do texto © 2016, Kate DiCamillo
Copyright © 2019, Editora WMF Martins Fontes Ltda.,
São Paulo, para a presente edição.
Publicada em acordo com a Walker Books Limited, London SE11 5HJ.

Todos os direitos reservados. Este livro não pode ser reproduzido, no todo ou em parte, armazenado em sistemas eletrônicos recuperáveis nem transmitido por nenhuma forma ou meio eletrônico, mecânico ou outros, sem a prévia autorização por escrito do editor.

1ª edição *2019*

Tradução
RAFAEL MANTOVANI

Acompanhamento editorial
Fabiana Werneck
Preparação de texto
Ana Alvares
Revisões
Marisa Rosa Teixeira
Laura Vecchioli do Prado
Produção gráfica
Geraldo Alves
Paginação
Renato de Carvalho Carbone

Dados Internacionais de Catalogação na Publicação (CIP)
(Câmara Brasileira do Livro, SP, Brasil)

DiCamillo, Kate
 O verão de Raymie Nightingale / Kate DiCamillo ; [tradução Rafael Mantovani]. – São Paulo : Editora WMF Martins Fontes, 2019.

 Título original: Raymie nightingale.
 ISBN 978-85-469-0213-2

 1. Ficção – Literatura infantojuvenil I. Título.

18-15124   CDD-028.5

Índices para catálogo sistemático:
1. Ficção : Literatura infantojuvenil 028.5
2. Ficção : Literatura juvenil 028.5

Cibele Maria Dias – Bibliotecária – CRB-8/9427

Todos os direitos desta edição reservados à
Editora WMF Martins Fontes Ltda.
Rua Prof. Laerte Ramos de Carvalho, 133 01325-030 São Paulo SP Brasil
Tel. (11) 3293-8150 e-mail: info@wmfmartinsfontes.com.br
http://www.wmfmartinsfontes.com.br

Para as minhas Rancheiras… obrigada

Um

Elas eram três. Três meninas.

Estavam de pé, uma do lado da outra.

Estavam paradas, prestando atenção.

Então a menina de vestido cor-de-rosa, a que estava bem do lado de Raymie, deu uma choramingada e disse:

— Quanto mais eu penso nisso, mais eu morro de medo. Estou com medo demais para continuar!

A menina apertou seu bastão contra o peito e caiu de joelhos.

Raymie ficou olhando para ela com espanto e admiração.

Ela mesma, muitas vezes, sentia medo demais para continuar, mas nunca tinha admitido isso em voz alta.

A menina de vestido cor-de-rosa soltou um gemido e tombou para o lado.

Seus olhos tremeram até se fecharem. Ela ficou em silêncio. E então arregalou os olhos e gritou:

— Archie, desculpa! Desculpa por ter te traído!

Ela fechou os olhos de novo. Sua boca se abriu de repente.

Raymie nunca tinha visto nem ouvido uma coisa daquelas.

— Desculpa — sussurrou Raymie. — Eu te traí.

— Parem imediatamente com essa bobagem — disse Ida Nee.

Ida Nee era a instrutora da aula de girar bastão. Mesmo sendo velha — tinha pelo menos uns cinquenta anos —, seu cabelo possuía um tom extremamente vivo de amarelo. Ela estava usando botas brancas que iam até o joelho.

— Não estou brincando — disse Ida Nee.

Raymie acreditava naquilo.

Ida Nee não era muito de brincadeira.

O sol estava bem alto no céu, e a cena toda parecia o meio-dia num filme de faroeste. Mas não era um faroeste, eram aulas de girar bastão na casa de Ida Nee, no quintal de Ida Nee.

Era o verão de 1975.

Era dia cinco de junho.

E dois dias antes, no dia três de junho, o pai de Raymie Clarke tinha fugido de casa com uma mulher que era higienista dental.

O Cravo brigou com a Rosa, debaixo de uma sacada.

Era isso que passava pela cabeça de Raymie toda vez que ela pensava no pai e na higienista dental.

Mas ela não dizia mais isso em voz alta porque sua mãe estava muito chateada, e fazer piada com isso não parecia certo.

Na verdade, era uma grande tragédia o que tinha acontecido.

Era isso que a mãe de Raymie dizia.

– Isso é uma grande tragédia – disse a mãe de Raymie. – Pare de cantar cantigas de bebê.

Era uma grande tragédia porque o pai de Raymie tinha caído em desonra.

Também era uma grande tragédia porque agora ela não tinha mais pai.

Essa ideia – esse fato – de que ela, Raymie Clarke, era agora uma menina sem pai provocava uma dorzinha aguda em seu coração cada vez que se lembrava disso.

Às vezes a dor que atravessava seu coração a fazia sentir medo demais para continuar. Às vezes a fazia querer cair de joelhos.

Mas então ela lembrava que tinha um plano.

Dois

— Levante — falou Ida Nee para a menina de vestido cor-de-rosa.

— Ela desmaiou — disse a outra aluna da aula de girar bastão, uma menina chamada Beverly Tapinski, cujo pai era policial.

Raymie sabia o nome da menina e a profissão do pai dela porque Beverly informara logo no começo da aula. Tinha olhado fixo para a frente, sem olhar para ninguém especificamente, e dito:

— Meu nome é Beverly Tapinski e meu pai é policial, por isso acho bom vocês não mexerem comigo.

Raymie, pessoalmente, não tinha nenhuma intenção de mexer com ela.

— Já vi um monte de gente desmaiar — Beverly então disse. — É isso que acontece quando você é filha de um policial. Você vê de tudo. De tudo neste mundo.

— Fique quieta, Tapinski — falou Ida Nee.

O sol estava muito alto no céu.

Não tinha se mexido.

Parecia que alguém tinha grudado o sol ali em cima e depois ido embora, deixando-o lá.

— Desculpa — sussurrou Raymie. — Eu te traí.

Beverly Tapinski se ajoelhou e colocou as mãos nas faces da menina desmaiada.

— O que você acha que está fazendo? — perguntou Ida Nee.

Acima delas, os pinheiros balançavam para um lado e para o outro. O lago, o lago Clara — onde uma pessoa chamada Clara Wingtip tinha se afogado cem anos atrás —, brilhava cintilante.

O lago parecia faminto.

Talvez estivesse esperando outra Clara Wingtip.

Raymie sentiu uma onda de desespero.

Não havia tempo para pessoas desmaiarem. Ela precisava aprender a girar um bastão, e precisava aprender depressa, porque se aprendesse a girar um bastão, teria uma boa chance de se tornar a Pequena Rainha dos Pneus da Flórida Central.

E se ela se tornasse a Pequena Rainha dos Pneus da Flórida Central, seu pai veria sua foto no jornal e voltaria para casa.

Esse era o plano de Raymie.

Três

O jeito como Raymie imaginava seu plano se desenrolando era com seu pai sentado em algum restaurante, na cidadezinha para onde tinha fugido, onde quer que fosse. Ele estaria com Lee Ann Dickerson, a higienista dental. Os dois estariam sentados juntos numa mesa, e o pai dela estaria fumando um cigarro e bebendo café, e Lee Ann estaria fazendo algo imbecil e inapropriado, como lixar as unhas (coisa que ninguém nunca deve fazer em público). Em algum momento, o pai de Raymie ia apagar o cigarro, abrir o jornal, limpar a garganta e dizer:

— Vamos ver o que tem para ver aqui. — E seria a foto de Raymie que ele veria.

Ele veria a filha com uma coroa na cabeça, um buquê de flores nos braços e uma faixa no peito dizendo Pequena Rainha dos Pneus da Flórida Central 1975.

E o pai de Raymie, Jim Clarke, da Seguradora Clarke, viraria para Lee Ann e diria:

— Preciso voltar para casa imediatamente. Tudo mudou. Minha filha agora é famosa. Ela foi coroada Pequena Rainha dos Pneus da Flórida Central.

Lee Ann ia parar de lixar as unhas. Ia soltar um "oh!" de surpresa e choque (e também, talvez, de inveja e admiração).

Era assim que Raymie imaginava que aconteceria.

Provavelmente. Talvez. Tomara.

Mas primeiro ela precisava aprender a girar um bastão.

Ou pelo menos era o que dizia a sra. Sylvester.

Quatro

A sra. Sylvester era a secretária da Seguradora Clarke.

A voz da sra. Sylvester era muito fina. Ela falava como um passarinho de desenho animado, e isso fazia tudo o que ela dizia parecer ridículo, mas também possível – as duas coisas ao mesmo tempo.

Quando Raymie contou à sra. Sylvester que ia entrar no concurso de Pequena Rainha dos Pneus da Flórida Central, a sra. Sylvester juntou as mãos e disse:

– Que ideia maravilhosa. Pegue umas jujubas.

A sra. Sylvester tinha um vidro gigantesco de balas de goma na mesa dela, em qualquer dia do ano, porque acreditava em alimentar pessoas.

Ela também acreditava em alimentar cisnes. Todo dia, na hora do almoço, a sra. Sylvester pegava um saco de comida para cisne e ia até a lagoa ao lado do hospital.

A sra. Sylvester era muito baixinha, e os cisnes eram altos e tinham o pescoço comprido. Quando a sra. Sylvester ficava ali no meio deles, com o cachecol enrolado na cabeça e aquele grande saco de comida para cisne nos braços, parecia uma figura saída de um conto de fada.

Raymie não sabia muito bem qual deles.

Talvez fosse um que ainda não havia sido contado.

Quando Raymie perguntou à sra. Sylvester o que ela achava de Jim Clarke ter fugido com uma higienista dental, a sra. Sylvester respondeu:

— Bom, querida, eu aprendi que as coisas geralmente dão certo no final.

Era *mesmo* verdade que as coisas geralmente davam certo no final?

Raymie não tinha certeza.

A ideia parecia ridícula (mas também possível) quando a sra. Sylvester dizia aquilo com sua vozinha fina de passarinho.

— Se você pretende vencer o concurso de Pequena Rainha dos Pneus da Flórida Central — disse a sra. Sylvester —, precisa aprender a girar um bastão. E a melhor pessoa para te ensinar a girar um bastão é a Ida Nee. Ela é campeã mundial.

Cinco

Isso explicava o que Raymie fazia no quintal da casa de Ida Nee, embaixo dos pinheiros de Ida Nee.

Ela estava aprendendo a girar um bastão.

Ou era isso que ela deveria estar fazendo.

Mas então a menina de vestido cor-de-rosa desmaiou, e a aula de girar bastão foi bruscamente interrompida.

Ida Nee disse:

— Isso é ridículo. Ninguém desmaia na minha aula. Não acredito em desmaios.

Desmaiar não parecia o tipo de coisa em que a pessoa precisa acreditar (ou não) para acontecer, mas Ida Nee era campeã em girar bastão e provavelmente sabia do que estava falando.

— Isso é uma grande bobagem — disse Ida Nee. — Não tenho tempo para bobagens.

Esse pronunciamento foi recebido com um curto silêncio, e então Beverly Tapinski deu um tapa na menina de vestido cor-de-rosa.

Deu um tapa numa bochecha e depois na outra.

— E agora, o que é isso? — perguntou Ida Nee.

— É o que você faz quando uma pessoa desmaia — disse Beverly. — Você dá um tapa na pessoa. — Ela deu outro tapa na menina. — Acorde! — ela gritou.

A menina abriu os olhos.

— Uh, oh — ela disse. — O pessoal do orfanato veio? A Marsha Jean está aqui?

— Não conheço nenhuma Marsha Jean — respondeu Beverly. — Você desmaiou.

— Desmaiei? — Ela piscou. — Meus pulmões são muito úmidos.

— Esta aula está encerrada — disse Ida Nee. — Não vou perder o meu tempo com gente preguiçosa que se faz de doente. Ou gente que desmaia.

— Tá bom — falou Beverly. — De qualquer jeito, ninguém quer aprender a girar este bastão imbecil.

O que não era verdade.

Raymie queria aprender.

Na verdade, ela *precisava* aprender.

Mas não parecia uma boa ideia discordar de Beverly.

Ida Nee foi embora marchando, na direção do lago. Levantava muito alto suas pernas com botas brancas. Dava para ver que ela era campeã mundial só pelo jeito como marchava.

— Fique sentada — disse Beverly para a menina que tinha desmaiado.

A menina ficou sentada. Olhou em volta com espanto, como se tivesse sido depositada por engano ali no quintal de Ida Nee. Ela piscou. Pôs a mão na cabeça.

— Meu cérebro parece leve como uma pluma — ela disse.

— Dã — fez Beverly. — É porque você desmaiou.

— Infelizmente, acho que eu não teria sido uma Elefante Voadora muito boa — disse a menina.

Fez-se um longo silêncio.

— Como assim uma "elefante"? — Raymie, finalmente, perguntou.

A menina piscou. Os cabelos loiros pareciam brancos ao sol.

— Eu *sou* uma Elefante. Meu nome é Louisiana Elefante. Meus pais foram os Elefantes Voadores. Vocês nunca ouviram falar deles?

— Não — disse Beverly. — Nunca ouvimos falar. Você devia tentar ficar em pé agora.

Louisiana colocou a mão no peito. Respirou fundo. Estava com o peito chiando.

Beverly revirou os olhos.

— Segure aqui — ela disse, estendendo a mão. Era uma mão ensebada. Os dedos tinham manchas de gordura, e as unhas eram sujas e roídas. Mas, apesar de ensebada, ou talvez justamente por isso, era uma mão que parecia ter muita firmeza.

Louisiana segurou aquela mão, e Beverly a puxou para ajudá-la a ficar em pé.

— Ai, minha nossa — disse Louisiana. — Estou toda cheia de penas e remorsos. E medos. Tenho muitos medos.

Ela ficou ali parada, encarando as duas. Seus olhos eram escuros. Eram castanhos. Não, eram pretos e muito afundados no rosto. Ela piscou.

— Tenho uma pergunta para vocês — ela disse. — Alguma vez na vida vocês já chegaram à conclusão de que tudo, absolutamente tudo, depende de vocês?

Raymie nem precisou pensar na resposta para aquela pergunta.

— Sim — ela respondeu.

— Dã — fez Beverly.

— É assustador, não é? — retrucou Louisiana.

As três meninas ficaram ali paradas, entreolhando-se.

Raymie sentiu alguma coisa se expandindo dentro dela. Parecia uma barraca gigante se armando.

Ela sabia que aquilo era sua alma.

A sra. Borkowski, que morava em frente à casa de Raymie e era uma mulher velhíssima, dizia que a maioria das pessoas acabava desperdiçando sua alma.

— Como elas desperdiçam a alma? — Raymie tinha perguntado.

— Deixando a alma murchar — disse a sra. Borkowski. — Puuuffff.

Esse talvez fosse — Raymie não tinha certeza — o som que uma alma fazia quando murchava.

Mas para Raymie, ali parada no quintal de Ida Nee com Louisiana e Beverly, não parecia que sua alma estava murchando, nem um pouco.

A sensação era de que sua alma estava inflando — ficando maior, mais brilhante, mais segura.

Lá no lago, na beira do píer, Ida Nee estava girando seu bastão. Ele brilhava ao sol. Ela jogava o bastão muito alto no ar.

O bastão parecia uma agulha.

Parecia um segredo, uma coisa fina, brilhante e solitária, reluzindo no céu azul.

Raymie se lembrou das palavras de antes: *Desculpa que eu te traí.*

Ela virou para Louisiana e perguntou:

— Quem é Archie?

Seis

— Bom, vou começar pelo início, já que é sempre o melhor lugar para começar — declarou Louisiana.

Beverly bufou.

— Era uma vez — disse Louisiana —, numa terra bem distante e também espantosamente perto, um gato chamado Archie Elefante, que era muito admirado e amado e também conhecido como o Rei dos Gatos. Mas então vieram as trevas...

— Por que você não conta logo o que aconteceu? — perguntou Beverly.

— Tudo bem, se você quiser, eu conto de uma vez. Nós traímos ele.

— Como? — quis saber Raymie.

— Tivemos que levar o Archie para o Centro Muito Gentil para Animais porque não tínhamos mais dinheiro para comprar comida para ele – disse Louisiana.

– Que Centro Muito Gentil para Animais? – perguntou Beverly. – Nunca ouvi falar em nenhum Centro Muito Gentil para Animais.

– Não acredito que você nunca ouviu falar no Centro Muito Gentil para Animais. É um lugar onde eles dão comida para o Archie três vezes por dia e coçam atrás da orelha dele do jeitinho que ele gosta. Mesmo assim, eu nunca deveria ter deixado ele ali. Foi uma traição. Eu traí o Archie.

O coração de Raymie bateu mais forte. *Traí*.

– Mas não se preocupem – disse Louisiana. Ela colocou a mão no peito, respirou fundo e então abriu um sorriso radiante. – Entrei no concurso de Pequena Rainha dos Pneus da Flórida Central 1975, vou ganhar esses mil novecentos e setenta e cinco dólares, me salvar do orfanato, buscar o Archie de volta no Centro Muito Gentil para Animais e nunca mais vou ficar morrendo de medo.

A alma de Raymie parou de ser uma barraca.

– Você vai competir no concurso de Pequena Rainha dos Pneus da Flórida Central? – ela perguntou.

– Vou, sim – respondeu Louisiana. – E sinto que minhas chances de vencer são muito boas porque eu venho de uma família do mundo do entretenimento.

A alma de Raymie ficou menor, mais apertada. Transformou-se numa coisa dura, feito uma pedrinha.

— Como eu disse antes, meus pais foram os Elefantes Voadores. — Louisiana se abaixou e pegou seu bastão. — Eles eram famosos.

Beverly revirou os olhos para Raymie.

— É verdade. Meus pais viajaram pelo mundo todo — contou Louisiana. — Eles tinham malas com o nome deles impresso. *Os Elefantes Voadores*. Era isso que estava escrito nas malas. — Louisiana estendeu o bastão e o agitou, como se estivesse escrevendo letras douradas no ar acima da cabeça delas. — O nome deles estava escrito com letra de mão em cada uma das malas, e o f tinha um rabo comprido. Eu gosto de rabos compridos.

— Eu também estou nesse concurso — disse Raymie.

— Qual concurso? — perguntou Louisiana, piscando.

— O concurso de Pequena Rainha dos Pneus da Flórida Central — respondeu Raymie.

— Minha nossa! — exclamou Louisiana, piscando de novo.

— Eu vou sabotar esse concurso — disse Beverly. Ela olhou para Raymie e depois para Louisiana, então enfiou a mão no *shorts* e tirou um canivete. Desdobrou a lâmina. Parecia muito afiada.

De repente, mesmo que o sol estivesse brilhando bem alto no céu, o mundo parecia menos iluminado.

A velha sra. Borkowski dizia o tempo todo que não dava para confiar no sol.

— O que é o sol? — perguntava a sra. Borkowski. — Pois eu te digo. O sol não passa de uma estrela que está morrendo. Algum dia, ele vai apagar. Puuffff.

Na verdade, *puuffff* era algo que a sra. Borkowski dizia muito, para várias coisas.

— O que você vai fazer com esse canivete? — perguntou Louisiana.

— Já falei — disse Beverly. — Vou sabotar o concurso. Vou sabotar tudo. — Ela deu golpes no ar com o canivete.

— Ai, minha nossa! — exclamou Louisiana.

— Isso mesmo — confirmou Beverly. Ela abriu um breve sorriso, então dobrou o canivete e o guardou de volta no bolso do *shorts*.

Sete

Elas andaram juntas até a entrada no entorno da casa de Ida Nee.

Ida Nee ainda estava no píer do lago, marchando de um lado para o outro, girando seu bastão e falando sozinha. Raymie podia ouvir a voz dela – um murmúrio baixo, zangado –, mas não conseguia entender o que ela estava dizendo.

— Odeio concursos de talento para meninas – disse Beverly. – Odeio laço, fitas, bastões e esse tipo de coisa. Odeio coisas cobertas de lantejoulas. Minha mãe me inscreveu em todos os concursos de talento para meninas que já existiram, e eu estou cansada disso. E é por isso que vou sabotar este.

— Mas o prêmio é de mil novecentos e setenta e cinco dólares — disse Louisiana. — Isso é uma montanha de dinheiro. Uma fortuna fabulosa! Sabe quanto atum dá para comprar com mil novecentos e setenta e cinco dólares?

— Não — respondeu Beverly. — E nem quero saber.

— O atum é muito rico em proteínas — declarou Louisiana. — No orfanato, eles só servem sanduíches de carne processada. Carne processada não é bom para pessoas com pulmões úmidos.

A conversa foi interrompida por um barulho forte. Um carro grande, com painéis decorativos de madeira nas portas, vinha em alta velocidade em direção à entrada da casa de Ida Nee. A porta de trás, do lado do motorista, estava meio solta nas dobradiças e por isso balançava, abrindo e fechando de novo.

— A vovó chegou — disse Louisiana.

— Onde? — perguntou Raymie.

Porque realmente não parecia ter alguém dirigindo o carro. Era como o cavaleiro sem cabeça, só que com um carro de quatro portas em vez de um cavalo.

E então Raymie viu duas mãos no volante, e assim que o carro parou na entrada, espalhando cascalho e poeira, uma voz chamou:

— Louisiana Elefante, entre no carro!

— Tenho que ir agora — disse Louisiana.
— Isso dá para perceber — falou Beverly.
— Foi um prazer te conhecer — disse Raymie.
— Rápido! — gritou a voz de dentro do carro. — A Marsha Jean está vindo logo atrás. Tenho certeza. Estou sentindo a presença malévola dela.
— Ai, minha nossa! — exclamou Louisiana. Ela sentou no banco de trás e tentou fechar a porta quebrada, puxando com força. — Se a Marsha Jean aparecer — ela gritou para Raymie e Beverly —, falem que não me viram. Não a deixem escrever nada na prancheta dela. E falem que não sabem do meu paradeiro.
— Mas nós não sabemos mesmo do seu paradeiro — disse Beverly.
— Quem é Marsha Jean? — perguntou Raymie.
— Pare de fazer perguntas a ela — falou Beverly. — Isso só dá desculpa para ela inventar uma história.

O carro partiu em disparada. A porta de trás se abriu, depois fechou com uma batida forte e continuou fechada. O carro acelerou numa velocidade arrepiante, com o motor roncando e gemendo, depois desapareceu por inteiro. Raymie e Beverly ficaram ali paradas, juntas numa nuvem de poeira, cascalho e fumaça de escapamento.

Puuffff, como diria a sra. Borkowski.

Puuffff.

Oito

— Para mim, elas parecem criminosas — disse Beverly. — Essa menina e essa vó quase invisível dela. Elas me lembram Bonnie e Clyde.

Raymie concordou com a cabeça, mesmo que Louisiana e sua avó não lembrassem ninguém que ela já tivesse visto ou de quem tivesse ouvido falar.

— Você pelo menos sabe quem foram Bonnie e Clyde? — perguntou Beverly.

— Ladrões de banco? — perguntou Raymie.

— Isso mesmo — respondeu Beverly. — Criminosos. Essas duas parecem capazes de roubar um banco. E que espécie de nome é Louisiana, afinal? Louisiana é o nome de um estado norte-americano. Não é nome de gente. Essa menina provavelmente está sob um nome falso. Provavelmente está fugindo da lei. É por isso que ela parece ter tanto medo, com esse jeitinho de coelho. Te digo uma coisa: o medo é uma grande perda de tempo. Eu não tenho medo de nada.

Beverly lançou seu bastão bem alto e o pegou com um gesto do pulso profissional.

Raymie sentiu um aperto no coração, sem acreditar naquilo.

— Você já sabe girar bastão — ela disse.

— E daí? — perguntou Beverly.

— Por que você está fazendo aula?

— Acho que isso não é exatamente da sua conta. Por que *você* está fazendo aula?

— Porque preciso ganhar o concurso.

— Eu te disse — falou Beverly —, não vai ter concurso nenhum. Não se depender de mim. Sei todo tipo de técnicas de sabotagem. Agora mesmo, estou lendo um livro sobre arrombamento de cofres que foi escrito por um criminoso chamado J. Frederick Murphy. Já ouviu falar dele?

Raymie fez que não com a cabeça.

— Imaginei — disse Beverly. — Meu pai me deu esse livro. Ele sabe tudo sobre a ação de criminosos. Estou aprendendo sozinha a arrombar cofres.

— Seu pai não é policial? — perguntou Raymie.

— É, sim — disse Beverly. — O que você quer dizer com isso? Eu já sei arrombar fechaduras. Você já arrombou uma fechadura?

— Não — respondeu Raymie.

— Imaginei — disse Beverly outra vez.

Ela jogou o bastão para o alto e o apanhou com a mão ensebada. Fazia parecer fácil e ao mesmo tempo impossível girar um bastão.

Era uma coisa terrível de ver.

De repente, tudo parecia inútil.

O plano de Raymie para trazer o pai para casa não era muito bem um plano. O que ela estava fazendo? Não sabia. Estava sozinha, perdida, à deriva.

Desculpa que eu te traí.

Puuffff.

Sabotagem.

— Você não tem medo de ser pega? — perguntou Raymie a Beverly.

— Já falei — disse Beverly. — Não tenho medo de nada.

— De nada? — perguntou Raymie.

— De nada — disse Beverly. Ela encarou Raymie com tanta força que seu rosto mudou. Seus olhos brilharam.

— Me conta um segredo — sussurrou Beverly.

— O quê? — perguntou Raymie.

Beverly desviou o olhar. Encolheu os ombros. Jogou o bastão para o alto e pegou, depois o jogou outra vez no ar. E, enquanto o bastão estava suspenso entre o céu e o chão de cascalho, ela disse:

— Mandei você me contar um segredo.

E quem é que sabe por quê?

Raymie contou.

Ela disse:

— Meu pai fugiu com uma higienista dental. Partiu no meio da noite.

Aquilo não era necessariamente um segredo, mas as palavras eram terríveis e verdadeiras, e doíam ao serem ditas.

— As pessoas fazem essas coisas patéticas o tempo todo — falou Beverly. — Andando em silêncio por corredores escuros, com os sapatos na mão, indo embora sem dizer tchau.

Raymie não sabia se o pai tinha andado pelo corredor com os sapatos na mão, mas com certeza ele tinha ido embora sem dizer tchau. Considerando esse fato, ela sentiu uma pontada de alguma coisa. O que era? Revolta? Descrença? Tristeza?

— Isso me deixa furiosa — disse Beverly.

Ela pegou o bastão e começou a bater com a ponta de borracha no cascalho da entrada da casa. Pedrinhas pulavam no ar, desesperadas para fugir da ira de Beverly.

Pá, pá, pá.

Beverly batia no cascalho, e Raymie olhava com admiração e medo. Nunca tinha visto ninguém tão brava.

Era um montão de poeira.

Um carro pintado de azul brilhante apareceu no horizonte, avançou na entrada da casa e veio deslizando até parar.

Beverly ignorou o carro.

Continuou batendo no cascalho.

Pelo jeito, ela não pretendia parar com aquilo enquanto não tivesse reduzido o mundo inteiro a pó.

Nove

— Pare com isso! — gritou a mulher atrás do volante do carro.

Beverly não parou. Continuou batendo sem dó.

— Esse bastão me custou caro — a mulher disse para Raymie. — Faça ela parar.

— Eu? — perguntou Raymie.

— Sim, você — disse a mulher. — Tem outra pessoa aqui além de você? Tire esse bastão da mão dela.

A mulher usava sombra verde nas pálpebras, grandes cílios postiços e um monte de *blush* nas bochechas. Mas, por baixo do *blush*, da sombra e dos cílios postiços, parecia muito familiar. Parecia Beverly Tapinski, só que mais velha. E mais brava. Se é que isso era possível.

— Por que sou eu que tenho que fazer tudo? — questionou a mulher.

Esse era o tipo de pergunta que não tinha resposta, o tipo de pergunta que os adultos pareciam adorar fazer.

Antes que Raymie conseguisse ao menos tentar dar algum tipo de resposta, a mulher já tinha saído do carro e agarrado o bastão de Beverly, e o puxava, enquanto Beverly o puxava de volta.

Mais poeira se levantou no ar.

— Solta — disse Beverly.

— Solte você — falou a mulher, que com certeza era mãe de Beverly, embora não estivesse agindo muito como uma mãe.

— Parem com essa bobagem imediatamente!

Essa ordem veio da boca de Ida Nee, que tinha aparecido do nada e estava plantada na frente delas, com as botas brancas brilhando e o bastão estendido diante dela como uma espada. Parecia um anjo vingador de um livro de histórias bíblicas para crianças.

Beverly e a mulher pararam de brigar.

— O que está acontecendo aqui, Rhonda? — perguntou Ida Nee.

— Nada — respondeu a mulher.

— Você não é capaz de controlar sua filha? — indagou Ida Nee.

— Foi ela que começou — disse Beverly.

— Saiam daqui, vocês duas — falou Ida Nee, apontando para o carro com o bastão. — E não voltem enquanto não aprenderem a se comportar direito. Você devia ter vergonha, Rhonda, logo você que é campeã de girar bastão.

Beverly sentou no banco de trás do carro e a mãe dela na frente. As duas bateram a porta ao mesmo tempo.

— Até amanhã — disse Raymie enquanto o carro partia.

— Rá! — falou Beverly. — Você não vai me ver nunca mais.

Por algum motivo, essas palavras soaram como um soco no estômago. Soaram como alguém andando em silêncio por um corredor no meio da noite, carregando os sapatos na mão — indo embora sem dizer tchau.

Raymie parou de olhar para o carro e olhou para Ida Nee, que balançou a cabeça, passou marchando por Raymie, entrou em seu escritório (que na verdade era só uma garagem) e fechou a porta.

A alma de Raymie não era uma barraca. Não era nem uma pedrinha.

Sua alma parecia ter desaparecido completamente.

Depois de um tempão, ou o que pareceu um tempão, a mãe de Raymie chegou.

— Como foi a aula? — ela perguntou quando a menina entrou no carro.

— Complicada — respondeu Raymie.

— Tudo é complicado — disse a mãe dela. — Não consigo nem imaginar por que você ia querer aprender a girar um bastão. No verão passado, foram as aulas de salva-vidas. Este verão é girar o bastão. Nada disso faz sentido para mim.

Raymie olhou para o bastão em seu colo. *Tenho um plano*, ela queria dizer. *E girar o bastão faz parte desse plano.* Ela fechou os olhos e imaginou o pai numa mesa, numa lanchonete, sentado em frente a Lee Ann Dickerson.

Imaginou o pai abrindo o jornal e descobrindo que ela era a Pequena Rainha dos Pneus da Flórida Central. Ele não ficaria impressionado? Não ia querer voltar para casa imediatamente? E Lee Ann Dickerson não ficaria espantada e sentiria ciúme?

— O que seu pai pode ter visto naquela mulher? — perguntou a mãe de Raymie, quase como se soubesse o que a menina estava pensando. — O que foi que ele viu nela?

Raymie acrescentou essa pergunta à lista de perguntas impossíveis, sem resposta, que os adultos pareciam inclinados a fazer a ela.

Ela pensou no sr. Staphopoulos, o treinador do curso de salva-vidas do verão anterior. Ele não era o tipo de homem que fazia perguntas sem resposta.

O sr. Staphopoulos só fazia sempre uma única pergunta:

—Você está aqui para causar ou para resolver problemas?

E a resposta era óbvia.

Você tinha de estar ali para resolver problemas.

Dez

O sr. Staphopoulos tinha pelos nos dedos dos pés e pelos cobrindo as costas inteiras. Usava um apito prateado pendurado no pescoço. Raymie achava que ele nunca tirava aquele apito.

Ele era muito apaixonado por impedir que as pessoas se afogassem.

— A terra firme é uma exceção, minha gente! — Era isso o que o sr. Staphopoulos dizia para todos os alunos de seu curso Salva-Vidas para Iniciantes. — O mundo é feito de água, e o afogamento é um perigo que está sempre presente. Precisamos ajudar uns aos outros. Vamos resolver problemas juntos.

Então o sr. Staphopoulos soprava o apito e jogava Edgar na água, e a aula de salva-vidas começava.

Edgar era o boneco que se afogava. Tinha um metro e sessenta de altura. Vestia uma calça jeans e uma camisa xadrez. Tinha olhos feitos de botões, e seu sorriso era desenhado com uma caneta hidrográfica vermelha. Era recheado com algodão, que nunca secava direito, e tinha pedras costuradas nas mãos, nos pés e na barriga para ajudar a afundar. Ele cheirava a mofo – um cheiro doce e triste.

Foi o sr. Staphopoulos que fez Edgar. Ele tinha projetado o boneco para se afogar.

Parecia um motivo estranho para vir ao mundo – se afogar, ser salvo, se afogar de novo.

Também parecia estranho para Raymie que Edgar estivesse condenado a ficar sorrindo durante todo esse processo.

Se ela tivesse feito Edgar, teria colocado um olhar mais angustiado no rosto dele.

Mas agora, de qualquer modo, tanto Edgar como o sr. Staphopoulos tinham ido embora. Tinham se mudado para a Carolina do Norte no fim do verão passado.

Raymie tinha visto os dois no estacionamento do mercadinho Pague e Leve no dia em que eles partiram. Todos os pertences do sr. Staphopoulos estavam enfiados dentro do carro, e algumas coisas até amarradas no teto. Edgar estava sentado no banco de trás, olhando para a frente. Sorrindo, é claro. O sr. Staphopoulos estava quase entrando no carro.

— Tchau, sr. Staphopoulos! — gritou Raymie.

— Raymie — ele disse, virando-se. — Raymie Clarke. — Ele fechou a porta do carro e andou na direção dela. Pôs a mão na cabeça da menina.

Fazia calor no estacionamento do Pague e Leve. Gaivotas voavam em círculos gritando, e a mão do sr. Staphopoulos em cima da cabeça dela era ao mesmo tempo pesada e leve.

O sr. Staphopoulos estava usando uma calça cáqui e chinelos de dedo. Raymie via os pelos nos dedos dos pés dele. O apito estava pendurado no pescoço, e o sol se refletia nele transformando-o num pequeno círculo de luz. Parecia que alguma coisa no centro do sr. Staphopoulos estava pegando fogo.

O sol brilhava nos carrinhos de compras abandonados e os transformava em algo mágico, bonito. Tudo cintilava. As gaivotas gritavam. Raymie pensou que alguma coisa maravilhosa estava prestes a acontecer.

Mas não aconteceu nada, exceto que o sr. Staphopoulos deixou a mão na cabeça dela pelo que pareceu um tempão e então ergueu a mão, apertou o ombro dela e disse:

—Tchau, Raymie.
Só isso.
—Tchau, Raymie.
Por que aquelas palavras importavam tanto?
Raymie não sabia.

Onze

Em casa, depois daquela aula tão estranha de girar bastão, Raymie, sentada em seu quarto, com a porta fechada, preenchia a inscrição para o concurso de Pequena Rainha dos Pneus da Flórida Central. Era um formulário mimeografado de duas páginas, e era óbvio que quem tinha datilografado o formulário tinha sido o próprio sr. Pitt, o dono da Pneus da Flórida Central, a loja que patrocinava o concurso. Ele não era muito bom de datilografia. O formulário estava cheio de erros, o que por algum motivo fazia aquele projeto inteiro (o concurso, a esperança de que Raymie ia vencer e, mais que tudo, a esperança de que vencer o concurso faria o pai dela voltar) parecer duvidoso.

A primeira pergunta estava toda escrita em letras maiúsculas. Dizia: você quer ser a Pequena Rainha dos Pneus da Flórida Central 1975?

Não havia espaço para responder a essa pergunta, mas, mesmo assim, era uma pergunta e Raymie achou melhor responder, pois o formulário dizia: Nao esqueca de responder TODAS as Perguntas.

Raymie escreveu a palavra SIM, bem apertada, depois do ponto de interrogação. Escreveu tudo em maiúsculas. Pensou em acrescentar um ponto de exclamação, mas decidiu que era melhor não.

Então ela preencheu seu nome: Raymie Clarke.

E seu endereço: Rua Borton, 1213, Lister, Flórida.

E por fim sua idade: 10.

Ela se perguntou se Louisiana e Beverly também estariam no quarto delas, preenchendo o formulário. Se alguém pretendia sabotar um concurso, precisava preencher o formulário de inscrição?

Raymie fechou os olhos e viu Louisiana escrevendo as palavras "Os Elefantes Voadores" no ar, com o bastão. Como Raymie poderia competir com alguém que vinha do mundo do entretenimento?

Raymie abriu os olhos e olhou pela janela. A velha sra. Borkowski estava sentada numa cadeira de jardim no meio da rua. Seus sapatos estavam desamarrados. Seu rosto estava voltado para o sol.

A mãe de Raymie dizia que a sra. Borkowski era completamente doida.

Raymie não sabia se isso era verdade ou não. Mas a sra. Borkowski parecia saber das coisas, coisas importantes. Ela contava algumas das coisas que sabia. E outras, ela se recusava a contar, sem dizer nada além de "Puuffff" quando Raymie pedia mais informações.

A velha sra. Borkowski provavelmente sabia quem foram os Elefantes Voadores.

Raymie olhou de volta para o formulário. Dizia: "Por favor liste todas as suas BOAS AÇÕES. Use uma folha separada se necessário."

Boas ações? Que boas ações?

Raymie sentiu um aperto no estômago. Levantou-se da escrivaninha, saiu do quarto, passou pela porta da frente e andou até o meio da rua. Ficou parada na frente da cadeira de jardim da sra. Borkowski.

— Que foi? — perguntou a sra. Borkowski sem abrir os olhos.

— Estou preenchendo um formulário de inscrição — respondeu Raymie.

— Sim, e daí?

— Tenho que fazer boas ações — respondeu Raymie.

— Uma vez — disse a sra. Borkowski, estalando os lábios. Seus olhos ainda estavam fechados. — Uma vez aconteceu uma coisa.

Obviamente a sra. Borkowski pretendia contar uma história. Raymie se sentou no meio da rua, aos pés da velha. O asfalto estava quente. Ela olhou para os sapatos desamarrados da sra. Borkowski.

A sra. Borkowski nunca amarrava os sapatos.

Era velha demais para alcançar os pés.

— Uma vez aconteceu uma coisa — disse a sra. Borkowski. — Eu estava num barco, no mar, e vi um bebê ser arrancado dos braços da mãe. Por um pássaro. Um pássaro marinho gigantesco.

— Essa história é sobre uma boa ação? — perguntou Raymie.

— Foi terrível o jeito como a mãe gritou.

— Mas a mãe pegou o bebê de volta, né?

— De um pássaro marinho gigantesco? Jamais — disse a sra. Borkowski. — Esses pássaros marinhos gigantescos, eles ficam com aquilo que tomam. Além disso, eles roubam botões. E grampos de cabelo. — A sra. Borkowski baixou a cabeça, abriu os olhos e olhou para Raymie. Ela piscou. A sra. Borkowski estava com um olhar muito triste, completamente marejado. — As asas do pássaro marinho eram imensas. Pareciam as asas de um anjo.

— Então o pássaro marinho na verdade era um anjo? Ele estava fazendo uma boa ação e salvando o bebê?

— Puufffff — disse a sra. Borkowski. Ela agitou a mão no ar. — Quem sabe? Só estou contando o que aconteceu. O que eu vi. Interprete como quiser. Amanhã você vem e corta as unhas dos meus pés, e eu te dou um pouco de doce, OK?

— OK — concordou Raymie.

Será que cortar as unhas dos pés da sra. Borkowski contava como uma boa ação? Provavelmente não. A sra. Borkowski sempre dava doces a Raymie em troca do corte das unhas dos pés dela, e, se alguém pagava para você fazer uma coisa, isso não podia ser uma boa ação.

A sra. Borkowski fechou os olhos. Inclinou a cabeça para trás outra vez. Depois de um tempinho, começou a roncar.

Raymie se levantou, entrou em casa e foi para a cozinha.

Pegou o telefone e discou o número do escritório do pai.

— Seguros Clarke — disse a sra. Sylvester com sua voz de passarinho de desenho animado. — Como podemos protegê-lo?

Raymie não disse nada.

A sra. Sylvester limpou a garganta.

— Seguros Clarke — ela disse de novo. — Como podemos protegê-lo?

Foi bom ouvir a sra. Sylvester perguntar "Como podemos protegê-lo?" uma segunda vez. Na verdade, Raymie achava que gostaria de ouvir a sra. Sylvester fazer essa pergunta várias centenas de vezes por dia. Era uma pergunta tão simpática. Uma pergunta que prometia coisas boas.

— Sra. Sylvester? — ela disse.

— Sim, querida — falou a secretária.

Raymie fechou os olhos e imaginou o enorme vidro de balas de goma na mesa da sra. Sylvester. Às vezes, no fim da tarde, o sol refletia diretamente no vidro e o iluminava, fazendo-o parecer uma lâmpada.

Raymie se perguntou se aquilo estaria acontecendo agora.

Atrás da mesa da sra. Sylvester ficava a porta da sala do pai de Raymie. Essa porta estaria fechada, e a sala estaria vazia. Não haveria ninguém sentado na mesa do pai dela, porque o pai dela tinha ido embora.

Raymie tentou evocar o rosto do pai. Tentou imaginá-lo sentado na mesa dele, em sua sala.

Não conseguiu.

Sentiu uma onda de pânico. O pai tinha ido embora fazia só dois dias, e ela não conseguia se lembrar do rosto dele. Precisava trazê-lo de volta!

Ela lembrou por que estava telefonando.

— Sra. Sylvester — ela disse —, preciso realizar boas ações para o concurso.

— Ah, meu bem — falou a sra. Sylvester —, isso não é problema algum. É só você ir até o Golden Glen, no fim da rua, e se oferecer para ler para um dos residentes. Os idosos adoram quando alguém lê para eles.

Será que os idosos adoravam mesmo que alguém lesse para eles? Raymie não tinha tanta certeza. A sra. Borkowski era idosa, e a coisa que ela sempre queria que Raymie fizesse era cortar as unhas dos pés dela.

— Como foi a primeira aula de girar bastão? — perguntou a sra. Sylvester.

— Foi interessante — respondeu Raymie.

Uma imagem de Louisiana Elefante caindo de joelhos passou pela cabeça dela. Essa imagem foi seguida por uma de Beverly Tapinski e a mãe brigando pelo bastão, numa nuvem de pó de cascalho.

— Não é emocionante aprender uma coisa nova? — perguntou a sra. Sylvester.

— É — respondeu Raymie.

— Como sua mãe tem passado, querida? — perguntou a sra. Sylvester.

— Agora ela está sentada no sofá, na varanda. Ela faz muito isso. É basicamente isso que ela faz. Na verdade, ela não faz mais nada. Só fica sentada ali.

— Bom — disse a sra. Sylvester. Ela fez uma longa pausa. — Vai ficar tudo bem. Você vai ver. Todo o mundo faz o que pode.

— OK — disse Raymie.

As palavras de Louisiana flutuavam na cabeça dela. *Estou com medo demais para continuar.*

Raymie não disse aquilo em voz alta, mas sentiu as palavras passarem através dela. E a sra. Sylvester — a gentil sra. Sylvester, com voz de passarinho — deve ter sentido também, pois disse:

— É só você escolher um livro apropriado para compartilhar, querida, e então vá até o Golden Glen. Eles vão ficar muito contentes de te ver ali. Apenas faça o que você puder, OK? Tudo vai ficar bem. Tudo vai dar certo no final.

Doze

Foi só depois de desligar o telefone que Raymie se perguntou o que a sra. Sylvester queria dizer com um livro "apropriado".

Ela foi até a sala de estar, ficou parada no tapete amarelo felpudo e olhou para a estante de livros. Eram todos marrons e sérios. Eram os livros do pai dela. E se ele voltasse para casa e tivesse um livro faltando? Ela sentia que talvez fosse melhor não mexer neles.

Raymie voltou para o quarto. Nas prateleiras em cima da cama dela havia pedras, conchas, bichos de pelúcia e livros. *Os pequeninos Borrowers*? Não, era inverossímil demais. Nenhum adulto normal acreditaria em pessoas minúsculas que moravam embaixo das tábuas do chão. *O urso Paddington*? Alguma coisa naquele livro parecia alegre e boba demais para a seriedade de um lar de idosos. *Uma casinha na floresta?* Uma pessoa velha de verdade provavelmente teria vivido na pele toda essa história e não ia querer ouvir alguém contar sobre isso mais uma vez.

E então Raymie viu *Um caminho iluminado: a vida de Florence Nightingale*. Era um livro que Edward Option tinha dado a ela no último dia de aula. O sr. Option era o bibliotecário da escola. Era magérrimo e altíssimo, precisava abaixar a cabeça para entrar e sair da biblioteca da Escola Elementar George Mason Willamette.

O sr. Option parecia jovem e inseguro demais para ser bibliotecário.

Além disso, as gravatas dele eram muito largas, e eram todas pintadas com imagens estranhas e solitárias de praias desertas, florestas assombradas ou óvnis.

Às vezes, quando ele segurava um livro, as mãos do sr. Option tremiam de nervosismo. Ou talvez fosse empolgação.

De qualquer modo, no último dia de aula, Edward Option tinha dito a Raymie:

— Você é uma leitora tão boa, Raymie Clarke, que eu fico pensando se você talvez teria interesse em diversificar. Tenho aqui um livro de não ficção que talvez você aprecie.

— OK — disse Raymie, mesmo não tendo absolutamente nenhum interesse por não ficção. Ela gostava de histórias.

O sr. Option lhe mostrou Um *caminho iluminado: a vida de Florence Nightingale*. Na capa, havia dezenas de soldados deitados de costas no que parecia um campo de batalha, e uma mulher estava andando entre eles carregando uma lamparina acima da cabeça, e os homens estendiam a mão para ela, implorando por alguma coisa.

Não havia nenhum caminho iluminado no desenho.

Parecia um livro horrível, deprimente.

— Quem sabe — disse o sr. Option — você pudesse ler esse livro durante o verão, e então nós poderíamos conversar sobre ele quando as aulas começarem.

— OK — disse Raymie de novo. Mas ela só concordou porque gostava muito do sr. Option, e porque ele era tão alto, solitário e esperançoso.

Ela tinha recebido o livro sobre Florence Nightingale das mãos dele, trazido para casa e colocado na prateleira. Alguns dias depois, o pai dela fugiu com Lee Ann Dickerson, e Raymie se esqueceu totalmente de Edward Option com suas gravatas estranhas e seu livro de não ficção.

Mas talvez alguém no lar de idosos Golden Glen fosse querer ouvir sobre a vida de Florence Nightingale e seu caminho iluminado. Talvez fosse exatamente isso que a sra. Sylvester chamava de livro "apropriado".

Talvez tudo fosse dar certo no final.

Treze

O lar de idosos Golden Glen ficava a poucas ruas de distância da casa de Raymie. Ela poderia ter ido de bicicleta, mas decidiu caminhar para ter tempo de flexionar os dedos dos pés e isolar seus objetivos.

Todo dia, no curso de Salva-Vidas para Iniciantes, o sr. Staphopoulos mandava os alunos ficarem de pé na beira da água, flexionarem os dedos dos pés e isolarem seus objetivos. O sr. Staphopoulos acreditava que flexionar os dedos dos pés limpava a mente, e, uma vez que estivesse limpa, era fácil isolar seus objetivos e decidir o que fazer em seguida. Por exemplo: salvar a pessoa que estivesse se afogando.

— Qual é meu objetivo? — sussurrou Raymie. Ela parou. Flexionou os dedos dos pés dentro do tênis. —

Meu objetivo é fazer uma boa ação. E também ser a Pequena Rainha dos Pneus da Flórida Central para o meu pai voltar para casa.

Ela sentiu um embrulho no estômago. E se Louisiana ganhasse? E se Beverly sabotasse o concurso? E se o pai de Raymie nunca voltasse para casa, não importando o que ela fizesse? Um gigantesco pássaro marinho, com as garras estendidas, passou voando pelo cérebro de Raymie.

— Não, não, não — ela sussurrou, flexionando os dedos dos pés. Ela limpou a mente. Isolou seus objetivos. *Fazer uma boa ação*, pensou. *Ser a Pequena Rainha dos Pneus da Flórida Central. Fazer uma boa ação. Fazer uma boa ação.*

Depois de flexionar bastante os dedos dos pés, Raymie chegou ao Golden Glen e descobriu que a porta estava trancada.

Havia uma placa dizendo: ESTA PORTA ESTÁ TRANCADA. FAVOR TOCAR A CAMPAINHA PARA ENTRAR. Uma seta na placa apontava para um botão.

Raymie apertou o botão e ouviu uma campainha tocando em algum lugar distante, lá dentro do prédio. Ela esperou. Flexionou os dedos dos pés.

Um interfone fez um ruído.

— Aqui é a Martha. É um dia dourado no Golden Glen. Como posso ajudar?

— Oi — falou Raymie.

— Oi — disse a mulher chamada Martha.

— Hã... — murmurou Raymie. — Eu vim aqui fazer uma boa ação.

— Isso não é maravilhoso? — perguntou Martha.

Raymie não sabia direito se aquilo era uma afirmação ou uma pergunta, por isso não respondeu nada. Fez-se um longo silêncio. Raymie disse:

— Eu trouxe um livro sobre Florence Nightingale.

— A enfermeira? — perguntou Martha.

— Hã... — murmurou Raymie. — Ela tem uma lamparina. E o livro se chama Um *caminho iluminado: a vida de Florence Nightingale*.

— Fascinante — disse Martha.

O interfone fez um ruído seco.

Raymie respirou fundo e perguntou:

— Posso entrar e ler o livro para alguém?

— É claro — respondeu Martha. — Vou abrir para você.

O interfone fez um longo e forte *bzzz*, e Raymie ouviu a porta destrancar. Ela estendeu a mão, segurou a maçaneta e entrou no Golden Glen. Lá dentro tinha cheiro de piso encerado e salada de frutas velha e alguma outra coisa, um cheiro em que Raymie não queria pensar muito.

Uma mulher de blusa azul nos ombros estava em pé atrás de um balcão no fim do corredor. Ela sorriu para Raymie.

– Olá – ela disse. – Meu nome é Martha.

– Eu sou a pessoa que vai ler para alguém – disse Raymie. Ela mostrou Florence Nightingale.

– Claro, claro – falou Martha, saindo de trás do balcão. – Venha comigo.

Ela pegou a mão de Raymie e a conduziu por uma escada até uma sala onde o piso encerado brilhava tão forte que nem parecia um piso. Parecia um lago.

O coração de Raymie deu um tranco e parou de bater por um segundo.

Ela teve a sensação de que ia entender as coisas, finalmente, até que enfim. Ela muitas vezes tinha essa sensação, de que alguma verdade seria revelada a ela. Sentira isso no estacionamento do Pague e Leve com o sr. Staphopoulos quando ele estava se despedindo dela. Sentira isso mais cedo naquele dia, parada com Beverly e Louisiana no quintal de Ida Nee. Às vezes ela sentia isso quando estava sentada aos pés da sra. Borkowski.

Mas até agora a sensação nunca tinha dado em nada.

A verdade nunca havia se revelado.

Mas quem sabe desta vez ia ser diferente.

A sala se expandiu. O brilho ficou mais forte. Raymie pensou em arrombamento de cofres e em sabotagem e nos Elefantes Voadores. Pensou no pai dela sentado na lanchonete com Lee Ann Dickerson. Pensou em Edgar, o boneco que se afogava, e em pássaros marinhos gigantescos com asas feito anjos. Pensou em todas as coisas que não entendia mas queria entender.

Então o sol foi para detrás de uma nuvem, o lago voltou a ser um piso e Martha disse:

— Vamos falar com a Isabelle.

E tudo se desfez. A sensação de quase entender tinha desaparecido, e Raymie não sabia nada que já não soubesse antes.

Martha conduziu Raymie até uma velha senhora sentada numa cadeira de rodas, parada do lado de uma janela.

— A visão da Isabelle não é mais o que era antes — disse Martha —, por isso ela não consegue ler como antes.

— Eu consigo ler muito bem — falou Isabelle.

— Bom, isso não é verdade, Isabelle — retrucou Martha. — Você é cega como uma toupeira.

Isabelle fechou o punho direito e esmurrou o braço da cadeira de rodas. Pá, pá, pá.

— Não me amole, Martha — ela disse. Era uma mulher minúscula, e seu cabelo de um branco puro, e alguém havia trançado uma coroa complicada em cima da cabeça dela, fazendo-a parecer uma fada madrinha. Seus olhos eram muito azuis.

Martha virou-se para Raymie.

— Qual é o seu nome, criança? — ela perguntou.

Raymie nunca tinha sido chamada de "criança" antes. Sabia que era uma criança, é claro, mas havia algo de estranhamente reconfortante em ouvir alguém abordar diretamente a situação.

— Eu sou a Raymie — ela respondeu.

— Isabelle — disse Martha —, esta é a Raymie.

— E daí? — questionou Isabelle.

— Ela gostaria de ler para você sobre a vida de Florence Nightingale.

— Você está de brincadeira — disse Isabelle.

— Isabelle — falou Martha —, por favor. A criança quer fazer uma boa ação.

Isabelle levantou a cabeça e olhou para Raymie. Seus olhos brilhavam. Ela não parecia ser cega como uma toupeira. Era mais como se tivesse visão de raios X.

Raymie sentiu Isabelle enxergando bem dentro dela.

Ela espremeu a própria alma o máximo que pôde, até ficar bem pequena, e a empurrou de lado para escondê-la.

— Uma boa ação? — perguntou Isabelle. — Por que você quer fazer uma boa ação? Qual é exatamente o seu propósito?

Raymie flexionou os dedos dos pés.

— Só... hã... fazer uma boa ação — ela respondeu.

Isabelle continuou olhando fixo para ela. Raymie olhou de volta. Deixou sua alma cada vez menor. Imaginou a alma ficando tão minúscula quanto o ponto final de uma frase. Ninguém nunca a encontraria.

— Está bem — disse Isabelle depois de um tempo que pareceu muito longo. — Que diferença faz? Leia para mim sobre Florence Nightingale.

— Isso não é maravilhoso? — exclamou Martha para Raymie. — A Isabelle gostaria de aprender sobre Florence Nightingale.

Catorze

— Não tenho o mínimo interesse pela Florence Nightingale — declarou Isabelle enquanto Raymie empurrava a cadeira de rodas por um longo corredor cheio de portas fechadas. — Gente boazinha não me atrai. São as pessoas menos interessantes do planeta. E Florence Nightingale era boazinha até o osso.

— OK — disse Raymie, porque não conseguiu pensar em outra coisa para dizer. Além disso, era difícil falar. Ela estava sem fôlego de empurrar a cadeira de rodas. Isabelle era mais pesada do que parecia.

— Mais rápido — disse Isabelle.

— O quê? — perguntou Raymie.

— Vá mais rápido — pediu Isabelle.

Raymie tentou empurrar a cadeira de rodas mais rápido. Sentia o suor despontar no lábio superior. Os braços doíam. As pernas também.

– Segure minha mão! – gritou uma voz terrível de trás de uma das portas fechadas.

– O que foi isso? – perguntou Raymie, parando de empurrar a cadeira de rodas.

– O que você está fazendo? – quis saber Isabelle. – Por que está parando?

– Segure minha mão! – gritou a voz outra vez. O coração de Raymie pulou bem alto no peito, depois mergulhou fundo.

– Quem está gritando? – perguntou Raymie.

– É a Alice Nebbley – respondeu Isabelle. – Ignore essa mulher. Ela só conhece uma frase e a repete dia e noite. Esse pedido monótono é um horror insuportável.

Para Raymie, a voz não parecia pertencer a uma pessoa chamada Alice. Em vez disso, soava como a voz de um troll parado embaixo de uma ponte, esperando que um bode desprevenido passasse ali perto.

O coração de Raymie agora estava palpitando em algum lugar bem fundo dentro dela. Parecia ter mudado de posição para sempre – do peito para o estômago. Raymie pensou em como seria legal se ela fosse como a Beverly Tapinski e não sentisse medo de nada.

Raymie respirou fundo e começou a empurrar a cadeira de rodas outra vez.

— Isso mesmo — disse Isabelle. — O truque é continuar em movimento. Nunca pare de se mover.

Quinze

O quarto de Isabelle tinha uma cama de solteiro, uma cadeira de balanço e uma mesa de cabeceira com um relógio em cima. Havia uma colcha na cadeira de balanço. As paredes eram pintadas de branco. O relógio fazia um tique-taque muito alto.

— Eu devo sentar? — perguntou Raymie.

— Sei lá, não é problema meu — respondeu Isabelle.

Raymie sentou na cadeira de balanço, mas ficou totalmente imóvel. Não parecia um bom momento para se balançar.

— Quer que eu leia agora? — ela perguntou, mostrando Florence Nightingale.

— Não ouse — disse Isabelle — ler esse livro para mim.

— OK — disse Raymie. Ela flexionou os dedos dos pés. Tentou refletir sobre suas intenções, mas não conseguia de jeito nenhum pensar no que devia fazer agora. Será que devia simplesmente ir embora?

— Segure minha mão! — gritou Alice Nebbley.

A voz não estava mais tão alta como antes no corredor, mas ainda alta o bastante para fazer Raymie pular de susto.

— Este lugar — disse Isabelle.

E então, lá de longe, veio o som da música. Era uma música bela e triste. Alguém estava tocando piano. Por algum motivo, a música fez Raymie pensar nos Elefantes Voadores (quem quer que fossem) e na bagagem deles.

— Não aguento isso — disse Isabelle. Ela pôs a cabeça entre as mãos.

— Quer que eu vá embora? — perguntou Raymie.

Isabelle levantou a cabeça e espremeu os olhos.

— Você sabe escrever?

— Escrever? — perguntou Raymie.

— Letras — respondeu Isabelle. — Palavras. Num pedaço de papel. — Ela fechou o punho e esmurrou o braço da cadeira de balanço. — Você sabe pôr palavras num papel? Ah, a frustração que é este mundo!

— Sei — disse Raymie.

— Que bom — falou Isabelle. — Pegue o bloco de anotações que está na gaveta de cima da mesa de cabeceira. E a caneta. Você vai escrever o que eu disser, exatamente o que eu disser.

Será que escrever para alguém era uma boa ação? Tinha de ser. Raymie se levantou e foi buscar a caneta e o bloco de anotações. Então sentou de volta.

— Para a administração — disse Isabelle.

Raymie olhou para ela.

— Escreva! — ordenou Isabelle, esmurrando o braço da cadeira de rodas outra vez. — Escreva, escreva.

— Segure minha mão! — gritou Alice Nebbley.

Raymie baixou a cabeça. Escreveu *Para a administração*. Sua mão estava tremendo.

— A frequência com que se toca Chopin neste estabelecimento é completamente inadmissível — afirmou Isabelle.

Raymie olhou para cima.

— Escreva isso também.

Um longo silêncio pairou sobre o quarto.

— Não sei como se escreve *Chopin* — disse Raymie por fim.

— O que é que eles ensinam para vocês nessas escolas? — perguntou Isabelle.

Raymie sabia que aquela era outra pergunta de adulto, impossível e irrespondível. Ela esperou.

— Foi um músico — disse Isabelle. — Um músico extremamente fúnebre. Chopin é um nome próprio. Portanto, começa com um C maiúsculo seguido de um h minúsculo.

E assim elas continuaram; no fim, Raymie havia escrito uma carta de reclamação, em nome de Isabelle, detalhando como o zelador do Golden Glen tocava o tipo errado de música no piano da sala de convivência. Para Isabelle, a música de Chopin era sombria demais, e o zelador precisava parar de tocar aquilo porque o mundo já era bastante sombrio por si só. O Golden Glen, em especial, era um lugar insuportavelmente sombrio, na opinião de Isabelle.

Foi uma carta muito longa.

E quando ela terminou de escrever, Isabelle mandou Raymie empurrar sua cadeira de rodas, sair do quarto e voltar pelo corredor até a sala de convivência, onde o piso era apenas um piso e não um lago brilhante, e onde havia uma caixa de madeira com a palavra SUGESTÕES escrita na lateral, em letras adesivas prateadas.

— Jogue aí dentro — disse Isabelle.

— Eu? — perguntou Raymie.

— Foi você que escreveu, não foi? — falou Isabelle.

Raymie colocou a carta na caixa.

— Pronto — disse Isabelle. — Você queria fazer uma boa ação. Você fez uma boa ação.

Escrever uma carta reclamando que a música é sombria não parecia nem um pouco uma boa ação. Parecia o contrário de uma boa ação.

— Me leve de volta para o meu quarto — disse Isabelle. — Cansei disso.

Raymie pensou que também estava cansada daquilo. Virou a cadeira de rodas e voltou para o quarto de Isabelle.

— Segure minha mão! — gritou Alice Nebbley enquanto elas avançavam pelo corredor.

— Feche a porta quando sair — disse Isabelle, depois que Raymie a empurrou até o quarto na cadeira de rodas. — E não volte mais aqui. Não estou interessada em pessoas que fazem boas ações. Boas ações são inúteis, de qualquer modo. Nada muda. Nada importa.

O sol tentava entrar pela única janelinha no quarto de Isabelle. Raymie ficou parada na porta, segurando Florence junto do peito, como se o livro pudesse protegê-la. Não podia, é claro. Ela sabia disso.

Tudo parecia desanimador, impossível.

— Archie, desculpa que eu te traí — disse Raymie sem querer realmente dizer isso.

— Ahã, enfim, pobre Archie, ó lastimável Archie. E lastimável você por ter traído ele — disse Isabelle — quem quer que ele seja.

— Ele é um gato — disse Raymie.

Isabelle encarou a menina com os olhos azuis brilhantes.

— É por isso que você quer fazer uma boa ação, porque traiu um gato?

— Não — respondeu Raymie. — Meu pai foi embora.

— E?

— Estou tentando trazê-lo de volta — respondeu Raymie.

— Com boas ações? — perguntou Isabelle.

— Sim — respondeu Raymie. Talvez fosse por causa da visão de raios X de Isabelle, ou por sua falta de compaixão; por algum motivo, Raymie contou a verdade a ela. — Vou ganhar um concurso e ficar famosa, e ele vai ver minha foto no jornal e ter de voltar para casa.

— Entendi — disse Isabelle.

Nesse instante, o sol conseguiu se insinuar pela janela de Isabelle e projetar-se num pequeno quadrado de luz no chão. Era uma luz muito forte. Brilhava. Parecia a janela para outro universo.

— Olhe — falou Raymie, apontando para o quadrado de sol no chão.

— Já vi — disse Isabelle. — Já vi.

Dezesseis

— Segure minha mão! — gritou Alice Nebbley enquanto Raymie andava pelo corredor.

Raymie parou. Escutou bem. Flexionou os dedos dos pés. Então começou a andar de novo. Seguiu o som da voz de Alice.

Raymie precisava fazer uma boa ação e, além disso, precisava compensar a má ação que acabara de fazer. Isso significava que ela tinha de fazer a melhor ação possível, a mais corajosa em que conseguisse pensar, a ação que ela menos queria fazer.

Raymie devia entrar no quarto de Alice Nebbley e perguntar se ela queria que alguém lesse para ela.

Parecia uma ideia assustadora.

Raymie olhou para os próprios pés. Obrigou a si mesma a pôr um pé na frente do outro. Concentrou-se na voz de Alice.

A voz a levou até uma porta com o número 323, embaixo dele havia um cartão branco no qual estava escrito *Alice Nebbley* em tinta preta. As letras do nome eram tremidas e indecisas, como se talvez a própria Alice Nebbley tivesse escrito aquilo.

Raymie flexionou os dedos dos pés. Bateu na porta.

E, como ninguém respondeu, respirou fundo, segurou a maçaneta e a virou, então entrou no quarto. Estava escuro, mas Raymie podia ver que tinha alguém na cama.

— Sra. Nebbley? — sussurrou Raymie.

Não houve resposta.

Raymie foi avançando para dentro do quarto.

— Sra. Nebbley? — ela repetiu, desta vez um pouco mais alto. Ela escutava a pessoa que estava na cama respirando de um jeito rouco, meio engasgado.

— Hã... — murmurou Raymie. — Eu vim aqui fazer uma boa ação...? A senhora gostaria de ouvir uma história sobre um caminho iluminado e hã... Florence Nightingale..., sra. Nebbley?

— Uaaaaaaaaaahhhhhh! — gritou Alice Nebbley.

Era o som mais horripilante que Raymie já tinha ouvido na vida. Era um som de dor pura, de puro desespero. O grito de Alice Nebbley perfurou alguma coisa dentro de Raymie. Ela sentiu sua alma sair voando na direção do nada.

— Não conssssssiiiigoooo! — gritou Alice Nebbley.
— Me dááááááá. — Uma mão se levantou das cobertas. Estava tentando agarrar alguma coisa. Estava tentando agarrar... ela, Raymie Clarke!

Raymie pulou de susto, e *Um caminho iluminado: a vida de Florence Nightingale* saiu voando das mãos dela e escorregou para baixo da cama de Alice Nebbley.

Raymie gritou.

Alice Nebbley gritou de volta.

— Uaaaahhh! Não consigo, não consigo, não consigo suportar esta dor! Segure minha mão. — A mão dela ainda estava estendida, saindo das cobertas, procurando alguma coisa. — Por favor, por favor, segure minha mão.

Raymie virou de costas e saiu correndo.

Raymie ficou um tempão parada na calçada, em frente ao Golden Glen, flexionando os dedos dos pés e isolando seus objetivos.

Ela tinha de pegar o livro de volta. Esse era seu único verdadeiro objetivo agora. O livro era da biblioteca. Edward Option ficaria muito decepcionado se ela não devolvesse o livro. Ela nem tinha lido, e isso o deixaria decepcionado também. E ela teria de pagar multa pelo atraso!

E se ela tivesse de pagar pelo livro?

Mas ela não podia voltar ao quarto de Alice Nebbley. Realmente não sabia se era corajosa o suficiente nem mesmo para entrar no Golden Glen de novo.

Ela pensou nos olhos de raios X de Isabelle.

Pensou na mão de Alice Nebbley.

Pensou em pássaros marinhos gigantescos que arrancavam bebês dos braços da mãe.

Então ela ouviu a voz de Beverly Tapinski: *O medo é uma grande perda de tempo. Não tenho medo de nada.*

Beverly. Beverly Tapinski e seu canivete.

Beverly, que não tinha medo de nada.

Raymie entendeu, de repente, qual era seu objetivo.

Ela ia achar a Beverly e pedir ajuda para pegar Florence Nightingale de volta.

Dezessete

Achar Beverly acabou sendo incrivelmente fácil.

Quando Raymie chegou à aula de girar bastão na tarde seguinte, Beverly estava parada embaixo dos pinheiros, mascando chiclete e olhando fixo para a frente.

— Pensei que você não ia voltar — disse Raymie.

Beverly não falou nada.

— Que bom que voltou.

Beverly virou-se e olhou para ela. Havia um machucado no seu rosto, embaixo do olho esquerdo.

— O que aconteceu com o seu rosto? — perguntou Raymie.

— Não aconteceu nada com o meu rosto — respondeu Beverly. Ela mascou o chiclete e encarou Raymie.

Os olhos de Beverly eram azuis. Não eram do mesmo azul que os de Isabelle; eram mais escuros, mais profundos. Mas tinham o mesmo efeito que os olhos de Isabelle. Raymie sentiu como se aquele olhar pudesse atravessá-la, enxergar dentro dela.

Ela olhou de volta para Beverly e começou a tentar reposicionar sua alma, se esforçando para deixá-la invisível.

Então Louisiana Elefante apareceu.

Estava com o mesmo vestido cor-de-rosa do dia anterior. Mas hoje usava presilhas no cabelo, seis presilhas espalhadas aleatoriamente por todo o cabelo loiro e escorrido de Louisiana. Todas as presilhas eram idênticas — feitas de plástico cor-de-rosa brilhante com coelhinhos brancos pintados. Os coelhinhos pareciam coelhos fantasmas.

— Hoje não vou desmaiar — disse Louisiana.

— Que boa notícia — falou Beverly. — Então agora você tem umas presilhas de coelhinho?

— São os meus coelhinhos da sorte. Esqueci de usá-los ontem, e olhe o que aconteceu. Nunca mais vou tirá-los da cabeça. O que é isso no seu rosto?

— Não tem nada no meu rosto — respondeu Beverly.

Nesse momento, Ida Nee veio marchando na direção delas, com as botas brancas brilhantes e o bastão reluzente. Vestia uma camisa de lantejoulas que cintilavam como escamas de peixe. Seu cabelo era muito amarelo. Ela parecia uma sereia de mau humor.

— Lá vamos nós — disse Beverly.

— A postos! — gritou Ida Nee. — Postura ereta! Essa é a primeira regra para girar o bastão, ter uma postura que mostre que você dá valor a si mesma e ao seu lugar no mundo.

Raymie tentou ficar ereta.

— Ombros para trás, queixo para cima, bastões à frente do corpo! — ordenou Ida Nee. — E vamos começar. — Ela levantou seu bastão. Depois abaixou. Olhou para Beverly. — Tapinski — ela disse —, você está mascando chiclete?

— Não.

Ida Nee fez um gesto brusco na direção de Beverly. Seu bastão reluzia intensamente no sol da tarde.

E então, de um jeito inacreditável, o bastão bateu na cabeça de Beverly.

Ali ele meio que quicou, por causa da ponta de borracha.

Louisiana soltou um "oh".

— Não minta para mim — disse Ida Nee. — Nunca minta para mim. Cuspa esse chiclete.

— Não — falou Beverly.

— O quê? — perguntou Ida Nee.

— Não — repetiu Beverly.

— Ai, meu Deus — disse Louisiana, pondo a mão no braço de Raymie. — Estou aqui com minhas presilhas de coelhinho da sorte, mas mesmo assim estou achando que talvez eu vá desmaiar.

Raymie pensou que talvez fosse desmaiar também, embora nunca tivesse desmaiado antes e não fizesse a menor ideia de como era a sensação de estar prestes a desmaiar. Louisiana estava apoiada no braço dela, e Raymie estava apoiada em... quê? Não sabia. Provavelmente apoiava no fato de que Louisiana se apoiava nela.

Ida Nee ergueu o bastão para bater em Beverly de novo.

Louisiana tirou a mão do braço de Raymie e soltou um ruído estranho — alguma coisa entre um grito e um gemido —, e então jogou o corpo para a frente e agarrou Ida Nee pela barriga coberta de lantejoulas.

— Parem! — gritou Louisiana. — Parem vocês duas!

— Mas o que que é isso? — perguntou Ida Nee. — Tire suas mãos de mim. — Ela tentou se livrar de Louisiana, que a segurava com força.

— Não bata nela de novo — disse Louisiana. — Por favor.

O lago Clara brilhava. Os pinheiros balançavam ao vento. O mundo deu um suspiro e um rangido, e Louisiana continuava agarrada a Ida Nee como se não fosse soltar nunca mais.

— Não bata nela, não bata nela — repetia Louisiana.

— Não seja imbecil — disse Beverly.

Parecia um bom conselho, mas Raymie não sabia direito a quem ele se destinava.

— Por favor, não a machuque — pediu Louisiana. Ela agora estava chorando.

— Largue-me — disse Ida Nee, empurrando Louisiana.

— Olhe — disse Beverly. — Estou cuspindo o chiclete.

Ela cuspiu o chiclete.

— Está vendo? — perguntou ela. — Ninguém vai me machucar. É impossível me machucar. — Ela pôs o bastão no chão e levantou as mãos. — Venha aqui — ela disse. — Está tudo bem. — Ela puxou Louisiana até ela se soltar de Ida Nee. Deu um tapinha nas costas dela. — Está vendo? — perguntou de novo. — Está tudo bem. Eu estou bem.

Ida Nee piscou. Parecia confusa. — Isto é uma bobagem — ela disse. — E vocês sabem o que eu penso sobre bobagens. — Ela respirou fundo e foi embora marchando, voltando na direção da casa.

E esse foi o fim da segunda aula de girar bastão.

Dezoito

As três estavam juntas no píer.
— Então deixe ver se eu entendi — disse Beverly. — Você quer que eu entre no quarto de uma velhinha e pegue um livro sobre Florence Nightingale que está embaixo da cama dela.
— Sim — confirmou Raymie.
— Porque você tem medo de fazer isso.
— Ela grita — completou Raymie. — E o livro é da biblioteca. Tenho que pegar de volta.
— Eu também quero ir — falou Louisiana.
— Não — disseram Beverly e Raymie juntas.
— Mas por que não? — perguntou Louisiana. — Nós somos as Três Rancheiras! Estaremos sempre juntas para o que der e vier.

— As três o quê? — perguntou Raymie.

— Rancheiras — respondeu Louisiana.

— É Mosqueteiras — disse Beverly. — Como os Três Mosqueteiros.

— Não — retrucou Louisiana. — Eles são eles. Nós somos nós. E nós somos as Rancheiras. Vamos resgatar umas às outras.

— Eu não preciso ser resgatada — disse Beverly.

— Eu quero ir com vocês no Garden Globe — repetiu Louisiana.

— É o Golden Glen — corrigiu Raymie.

— Quero ajudar a resgatar o livro sobre Florence Lollinight.

— Nightingale! — exclamaram Raymie e Beverly ao mesmo tempo.

— E quando terminarmos de fazer isso, podemos ir ao Centro Muito Gentil para Animais e resgatar o Archie.

— Escute — disse Beverly —, deixe-me lhe dizer uma coisa. Não existe esse Centro Muito Gentil para Animais. Seu gato já era.

— Ele "não já era" — disse Louisiana. —Vou resgatá-lo e essa vai ser minha boa ação para o concurso de Pequena Rainha dos Pneus da Flórida Central 1975, e minha outra boa ação vai ser ajudar vocês a pegar o livro de volta. Além disso, vou parar de roubar comida enlatada com a vovó.

— Você rouba comida enlatada? — perguntou Raymie.

— Atum, geralmente — respondeu Louisiana. — É muito rico em proteínas.

— Falei para você — disse Beverly a Raymie. — Eu olhei para elas e vi logo de cara que eram criminosas.

— Nós não somos criminosas — falou Louisiana. — Somos sobreviventes. Somos guerreiras.

Fez-se então um longo silêncio. As três ficaram com o olhar perdido no lago Clara. A água brilhava e murmurava.

— Teve uma mulher que se afogou nesse lago — disse Raymie. — O nome dela era Clara Wingtip.

— E daí? — perguntou Beverly.

— Ela assombra o lago — respondeu Raymie. — No escritório do meu pai, tem uma foto aérea do lago e dá para ver a sombra da Clara Wingtip embaixo d'água.

Beverly bufou.

— Não acredito em contos de fada.

— Às vezes dá para ouvir ela chorando — completou Raymie. — É isso que dizem.

— É mesmo? — perguntou Louisiana. Ela rearranjou as presilhas, prendeu o cabelo atrás de uma orelha e se curvou na direção do lago.

— Oh! — ela exclamou. — Estou ouvindo. Estou ouvindo o choro.

Beverly bufou.

Raymie prestou atenção.

Estava ouvindo o choro também.

Dezenove

— Então tá — disse Beverly. — Você ganha o livro e o gato. Mas eu ganho o quê?

As três estavam deitadas de costas no píer de Ida Nee, olhando para o céu.

— Bom, o que você quer? — perguntou Louisiana.

— Não quero nada — respondeu Beverly.

— Não acredito em você — disse Louisiana. — Todo o mundo quer alguma coisa; todo o mundo tem desejos.

— Eu não tenho desejos. Eu saboto.

— Ah, puxa! — exclamou Louisiana.

Raymie não disse nada.

Ela olhou para o céu impossivelmente iluminado e lembrou que a sra. Borkowski tinha dito a ela uma vez que, se você estivesse num buraco fundo o suficiente, e se fosse de dia e você olhasse para o céu a partir desse buraco muito fundo, dava para ver as estrelas mesmo durante o dia.

Será que isso podia ser verdade?

Raymie não sabia. A sra. Borkowski soltava um monte de informações questionáveis.

— Puuffff — disse Raymie bem baixinho para si mesma.

E então ela pensou em como, nos contos de fada, as pessoas ganhavam três desejos e nenhum dos desejos acabava dando certo. Quando os desejos se realizavam, eles se realizavam de jeitos terríveis. Desejos eram perigosos. Essa era a mensagem que os contos de fada transmitiam.

Talvez Beverly fosse esperta de não desejar nada.

De algum lugar atrás delas, lá na casa de Ida Nee, veio um barulho forte de pneus cantando, seguido de um estouro e uma batida.

— Vovó chegou — disse Louisiana, sentando-se.

— Louisiana! — alguém chamou. — Louisiana Elefante!

Raymie ficou sentada também.

— Quem foram os Elefantes Voadores? — ela perguntou.

— Já te falei — disse Louisiana. — Eram os meus pais.

— Mas o que isso quer dizer? Esse negócio de voar? O que eles faziam?

— Ora, pelo amor — disse Louisiana. — Eles eram trapezistas, óbvio.

— Óbvio — repetiu Beverly.

— Eles voavam pelo ar com toda a facilidade. Eram famosos. Tinham bagagem personalizada.

— Louisiana Elefanteeeeee.

— Vovó está aflita — disse Louisiana. — Preciso ir. — Ela ficou de pé e alisou a frente do vestido. Suas presilhas de coelhinho brilhavam à luz do sol. Cada presilha parecia ter um propósito, parecia viva, como se estivesse ocupada recebendo mensagens de muito longe.

Louisiana sorriu para Raymie. Era um belo sorriso. E, por um instante, Louisiana quase pareceu um anjo, com seu vestido cor-de-rosa, o céu azul iluminado atrás dela e todas as presilhas brilhando.

— Eles morreram — disse Louisiana.

— O quê? — perguntou Raymie.

— Meus pais. Eles morreram. Eles não são mais os Elefantes Voadores. Não são mais nada. Estão no fundo do mar. Estavam num navio que afundou. Quem sabe vocês ouviram falar?

— Não ouvimos falar — disse Beverly, que ainda estava deitada no píer, olhando para o céu. — Por que a gente ia ouvir falar de um navio que afundou?

— Bom, enfim. Foi há muito tempo e bem longe. E foi uma grande tragédia. Toda a bagagem dos Elefantes Voadores foi parar no fundo do mar, e meus pais se afogaram. E é por isso que eu nunca aprendi a nadar.

— *Isso* faz sentido — disse Beverly.

— Agora somos só a vovó e eu. E a Marsha Jean, claro. Ela quer me capturar e me colocar no orfanato, onde só servem carne processada para você comer. É tudo muito assustador quando você pensa. Por isso eu tento não pensar muito nisso.

— Louisiannnnnnnnnnaa! — gritou a avó dela.

Louisiana se agachou e recolheu seu bastão.

— Vejo vocês duas amanhã no Golden Glen, Lar Feliz da Terceira Idade, na esquina da rua Borton com a avenida Grint, meio-dia em ponto.

— OK — disse Raymie.

— Não é um Lar Feliz da Terceira Idade — falou Beverly. — É um asilo de velhos.

— Adeus, e vida longa às Rancheiras! — gritou Louisiana enquanto se afastava.

— Você acha que os pais dela eram mesmo trapezistas? — disse Raymie a Beverly.

— Tanto faz se eles eram — respondeu Beverly. — Mas não eram.

— Ah! — exclamou Raymie.

Veio lá da casa o som do carro da família Elefante indo embora. Era um barulho muito alto, como se fosse um foguete quebrado lutando para escapar da atmosfera terrestre.

— Acho que eu devia ir para lá — disse Raymie. — Minha mãe vai chegar daqui a pouco.

— Cadê o seu pai?

— O quê? — perguntou Raymie.

— Seu pai. Ele voltou para casa? — perguntou Beverly. O machucado no rosto dela de repente parecia mais escuro, mais feio.

— Não — respondeu Raymie.

— Imaginei que não — disse Beverly.

Raymie sentiu sua alma encolher. O céu não parecia mais tão azul. Ela decidiu que não acreditaria em nada do que a sra. Borkowski dissesse sobre estrelas à luz do dia e buracos fundos. A mãe dela tinha razão. A sra. Borkowski era completamente doida.

Bem provável.

Puuffff.

— Olhe — disse Beverly. — Não precisa ficar chateada. É só assim que as coisas são. As pessoas vão embora e não voltam mais. Alguém precisa lhe dizer a verdade. — Ela se levantou e espreguiçou, então se curvou e pegou seu bastão. — Mas, escute, não se preocupe... a gente vai lá pegar seu livro imbecil da biblioteca que está embaixo da cama da velhinha porque isso é uma coisa fácil de recuperar. Isso não é problema nenhum.

Beverly jogou o bastão para o ar uma, duas, três vezes. E sempre o apanhava sem nem olhar.

— Vejo você amanhã, então — disse Beverly Tapinski.

E foi embora.

Vinte

Elas se encontraram no Golden Glen ao meio-dia do dia seguinte, que era um sábado e não um dia de girar bastão.

Louisiana chegou primeiro.

Raymie a avistou parada na esquina a cem metros de distância. Ela reluzia. Estava usando um vestido laranja com lantejoulas prateadas na barra e lantejoulas douradas espalhadas pelas mangas transparentes. Tinha colocado ainda mais presilhas no cabelo. Todas as presilhas eram cor-de-rosa e tinham coelhinhos. Quem diria que existiam tantas presilhas de coelhinho no mundo?

— Hoje estou usando uma quantidade extra de presilhas de coelhinho da sorte — disse Louisiana.

— Você está bonita — disse Raymie.

— Você acha que laranja combina com rosa, ou é só imaginação minha?

Raymie não teve chance de responder a essa pergunta porque Beverly chegou. Parecia irritada. O machucado em seu rosto tinha passado de roxo para um verde meio nojento.

— E então? — perguntou Beverly, aproximando-se delas.

Raymie não sabia direito a que se referia essa pergunta, mas não parecia um bom sinal. Ela foi e tocou a campainha antes que Beverly mudasse de ideia e desistisse de ajudar.

O interfone fez um ruído. Martha disse:

— É um dia dourado no Golden Glen. Como posso ajudar?

Raymie ouviu Beverly bufar.

— Como posso ajudar? — Martha perguntou de novo.

— Martha? — hesitou Raymie. — Sou eu, hã... a Raymie. Raymie Clarke. Eu visitei a Isabelle anteontem e ia fazer uma boa ação, lembra? — Raymie foi tomada por uma onda de tontura. Lembrou-se da carta de reclamação que havia escrito em nome de Isabelle. Será que Martha ia saber que tinha sido ela quem a escreveu?

Será que usaria isso contra ela? Será que entenderia que Raymie só estava tentando fazer uma boa ação? Por que tudo era tão complicado? Por que boas ações eram coisas tão nebulosas?

— Ah, Raymie, sim — a voz rachada de Martha. — Claro, claro. A Isabelle vai adorar te rever.

Raymie achava que isso não era necessariamente verdade.

— Nós também viemos! — gritou Louisiana no interfone. — Somos as Três Rancheiras e vamos...

Beverly tapou a boca de Louisiana com a mão.

A porta deu um estalo, e Raymie puxou a maçaneta. Beverly tirou a mão da boca de Louisiana e as três entraram no Golden Glen, onde Martha estava de pé, como antes, atrás do balcão no fim do corredor, sorrindo.

Raymie ficou feliz em vê-la.

Ela pensou que, quando você morria, se houvesse alguém esperando para recebê-lo no céu, então esse alguém provavelmente, tomara, seria como a Martha — sorrindo, perdoando, dourada, com uma blusa azul felpuda jogada nos ombros.

— Ah! — exclamou Martha. — Você trouxe umas amigas.

— Somos as Três Rancheiras! — falou Louisiana. — Viemos aqui numa missão para corrigir um grande mal.

— Ah, por favor... — disse Beverly.

— Que vestido lindo — disse Martha a Louisiana.

— Obrigada — agradeceu Louisiana. Ela deu uma voltinha para fazer as mangas flutuarem e as lantejoulas brilharem. — Minha vó que fez. Ela faz todos os meus vestidos. Ela fazia as roupas dos meus pais, que eram os Elefantes Voadores.

— Que interessante, né? — falou Martha. — E o que será que aconteceu no seu rosto? — ela perguntou, virando-se para Beverly.

— É só um machucado — respondeu Beverly numa voz extremamente educada. — De uma briga. Estou bem.

— Bom, certo — disse Martha. — Contanto que você esteja bem. Se vocês três quiserem vir comigo. — Ela pegou a mão de Louisiana. — Vamos lá em cima ver quem gostaria de receber uma boa ação hoje. Visitantes são sempre bem-vindos aqui no Golden Glen.

Beverly revirou os olhos para Raymie, mas foi subindo a escada atrás de Martha e Louisiana.

Raymie andou atrás de Beverly. Bem no início da escada, pouco antes de começar a subir, Raymie de repente foi tomada por um momento agudo de descrença. Como é que ela, Raymie Clarke, tinha chegado ali? No Golden Glen? Andando atrás de Martha, de Louisiana e de Beverly — pessoas que ela nem conhecia até uns dias antes?

Raymie olhou para os degraus. Cada degrau tinha uma faixa escura colada na borda para evitar que as pessoas escorregassem.

— Somos todas giradoras de bastão — ela ouviu Louisiana falar para Martha. — E vamos competir no concurso de Pequena Rainha dos Pneus da Flórida Central 1975.

— Fascinante — disse Martha.

Beverly bufou.

Raymie flexionou os dedos dos pés. Lembrou a si mesma o que estava fazendo. Estava agindo para pegar o livro de volta, para fazer uma boa ação, para vencer o concurso, para trazer o pai de volta para casa. Pôs o pé na primeira faixa escura antiderrapante, depois na seguinte e na seguinte.

Ela subiu a escada.

Vinte e um

A sala de convivência estava totalmente vazia. O chão brilhava, mas de um jeito normal. O piano estava em silêncio. Havia várias samambaias mirradas penduradas no teto e um quebra-cabeça por terminar em uma mesinha no centro da sala. A caixa do quebra-cabeça estava de pé para mostrar como seria a imagem quando ele estivesse montado: uma ponte coberta, no outono.

— Bom — disse Martha —, preciso voltar para o meu posto. Acho que vocês podem seguir sozinhas a partir daqui, ir até o quarto da Isabelle, bater na porta e ver se ela quer receber visita.

— OK — disse Raymie.

— Muito obrigada — agradeceu Beverly na mesma voz terrivelmente educada que tinha usado antes.

— Eu gosto desta sala — disse Louisiana. — Dá para dançar neste chão. Dá para apresentar um show aqui.

— Bom — disse Martha —, acho que seria possível. Aqui não tem muita gente dançando, e acho que nunca tivemos um show. Mas talvez algum dia. Quem sabe? — E balançou a cabeça. Então juntou as mãos. — OK, meninas. É só vocês seguirem até o fim do corredor. Raymie, você sabe qual é a porta da Isabelle.

Raymie fez que sim com a cabeça. Ela sabia qual era a porta de Alice Nebbley. Era isso que importava.

— Certo — disse Beverly depois que Martha foi embora. — Qual é o quarto?

— É por aqui — afirmou Raymie. Beverly e Louisiana foram atrás dela pelo corredor e, quando chegaram mais perto, elas ouviram.

— Segure minha mão! — gritou Alice Nebbley.

— Ai, minha nossa! — exclamou Louisiana. — Vamos voltar. Não vamos fazer isso.

— Cale a boca — disse Beverly.

Louisiana alcançou Raymie e segurou a mão dela, e Raymie teve o estranho pensamento de que segurar a mão de Louisiana era como segurar a pata de um dos coelhinhos fantasmas nas presilhas do cabelo dela. Ela quase nem estava ali.

Mas, mesmo assim, era reconfortante, por algum motivo, estar de mãos dadas com Louisiana.

— Segure minha mão! — gritou Alice Nebbley outra vez.

— É só vocês saírem da minha frente — disse Beverly. Ela empurrou Raymie e Louisiana para passar e entrou direto no quarto de Alice Nebbley, sem bater na porta. Raymie viu que o quarto estava escuro como antes, escuro feito uma caverna, escuro como um túmulo.

— Ela entrou no quarto — falou Louisiana para Raymie.

— Pois é — disse Raymie. — Ela entrou.

As duas ficaram paradas juntas no corredor, olhando para a silhueta escura que era Beverly Tapinski. Ela estava parada bem do lado da cama.

— Uaaaaaahhh! — gritou Alice Nebbley, e tanto Louisiana como Raymie pularam de susto.

— Está embaixo da cama — disse Raymie.

— Eu sei disso — falou Beverly de dentro das trevas. — Você já disse mil vezes. Se tem uma coisa que eu sei, é onde está esse livro idiota.

Raymie viu o vulto escuro de Beverly se agachar e desaparecer.

— Não tem livro nenhum aqui embaixo — disse a voz abafada de Beverly um minuto depois.

— Tem que ter — falou Raymie.

— Não está aqui — confirmou Beverly. A sombra dela reapareceu. — Não está em lugar nenhum. Sei lá. Vai saber o que os velhos fazem com os livros. Quem sabe ela comeu. Ou está deitada em cima dele.

Então, em vez de sair do quarto, Beverly chegou mais perto da cama de Alice Nebbley.

— Deixe para lá — falou Raymie. — Deixe quieto. Volte. — Ela de repente temeu que Beverly fosse fazer alguma coisa drástica e imprevisível, como tentar levantar Alice Nebbley e olhar embaixo dela.

— Uaaaaaahhhhhhh! — gritou Alice Nebbley. — Não consigo. Não consigo. Não consigo suportar a dor.

— Oh, não — disse Louisiana. — É terrível demais. Ela não consegue aguentar a dor. Eu não suporto a dor de vê-la não aguentar a dor. — Ela apertou a mão de Raymie com tanta força que doeu.

— Segure minha mão! — gritou Alice Nebbley.

E então, como da outra vez, um braço esquelético saiu de debaixo das cobertas, como se estivesse brotando de um túmulo. Louisiana gritou e Raymie soltou um gemido, e, no quarto escuro e trágico, Beverly ficou em silêncio sem pular de susto nem fazer movimento algum. Lentamente, ela estendeu o braço e segurou a mão de Alice Nebbley.

— Oooooooohh — disse Louisiana. — Ela segurou a mão. Agora essa mulher vai puxar a Beverly para dentro do túmulo. Vai matá-la e usá-la para criar uma nova alma.

Raymie não tinha imaginado especificamente nenhum desses finais terríveis, mas sentia um medo muito profundo.

— Não, não — falou Louisiana. — Não posso ficar só aqui, olhando. — Ela soltou a mão de Raymie. — Vou procurar alguém para ajudar.

— Não faça isso — disse Raymie.

Mas Louisiana já tinha saído correndo pelo corredor, com seu vestido coberto de lantejoulas cintilando num brilho obstinado.

Raymie ficou ali sozinha observando Beverly, que ainda segurava a mão de Alice Nebbley e agora tinha sentado na cama.

— Shhh — sussurrou Beverly.

Alice Nebbley parou de gritar.

— Vai ficar tudo bem — disse Beverly. E então, inacreditavelmente, ela começou a cantarolar.

O que Beverly Tapinski — a arrombadora de cofres e fechaduras, a batedora de cascalho — estava fazendo sentada na cama de Alice Nebbley, segurando a mão dela, falando que ia ficar tudo bem e *cantarolando* para ela?

Não parecia possível.

E então Louisiana estava parada do lado de Raymie outra vez. Seu pequeno peito subia e descia. Um chiado rouco saía dos seus pulmões.

— Achei — ela disse.

— O quê? — perguntou Raymie.

— Achei. Achei o seu livro da Florence Sei-Lá-O-Quê.

— Nightingale — falou Raymie.

— Isso — disse Louisiana. — Nightingale. Nightingale. Está na sala do zelador. Entrei ali para ver se ele podia ajudar a Beverly a enfrentar a criatura maligna e, então, surpresa! Achei o livro! Além disso, soltei o passarinho.

— Que passarinho? — perguntou Raymie.

— Aquele passarinho amarelo. Na gaiola na sala do zelador.

Nesse instante, alguém em algum lugar do Golden Glen gritou, e não era Alice Nebbley.

— Tive que subir em cima da mesa para fazer isso — disse Louisiana. — E depois precisei sair rápido, por isso esqueci seu livro. Acho que os passarinhos não deviam ficar em gaiolas, você não acha?

Houve outro grito e o som de pés correndo.

Beverly saiu do quarto de Alice Nebbley.

— O que aconteceu? — ela perguntou.

— Não sei muito bem — disse Raymie.

— Eu achei o livro! — exclamou Louisiana.

Um passarinho amarelo veio voando apressado pelo corredor e passou planando sobre a cabeça delas.

— Isso foi um passarinho? — perguntou Beverly.

No quarto, Alice Nebbley estava completamente em silêncio.

Raymie torceu para que não estivesse morta.

Vinte e dois

O zelador passou correndo em disparada pelo corredor. Suas chaves chacoalhavam e suas botas de zelador faziam um som muito respeitável quando batiam no chão encerado do Golden Glen.

O zelador tinha um olhar decidido. Não parecia nem um pouco um homem que tocaria música sombria no piano. Seus dedos eram grossos demais. Além disso, não parecia muito alguém que seria dono de um passarinho amarelo.

— Ooooooh — falou Louisiana. — Depressa. Sigam-me.

Louisiana guiou as duas pelo corredor.

— Ali dentro — ela disse. — Bem ali. — Ela apontou para uma salinha com a porta aberta. Dentro da sala havia uma mesa, e bem no centro da mesa estava *Um caminho iluminado: a vida de Florence Nightingale*.

— É esse? — perguntou Beverly. — Esse é o seu livro idiota da biblioteca?

Pendurada sobre a mesa havia uma gaiola balançando de um lado para o outro. Estava vazia. A portinha da gaiola estava aberta.

Alguma coisa naquela portinha aberta da gaiola fez Raymie sentir tristeza.

Na casa dela, naquele exato momento, sua mãe provavelmente estaria sentada no sofá, olhando para o vazio. A sra. Borkowski provavelmente estaria na cadeira de jardim dela, no meio da rua. E a sra. Sylvester com certeza estaria na sua mesa, datilografando, com o pote gigante de balas de goma na frente dela meio tremendo com o zumbido e o ronco da máquina de escrever elétrica.

E o pai de Raymie? Talvez estivesse sentado na lanchonete com a higienista dental. Talvez os dois estivessem com o cardápio na mão. Talvez estivessem pensando no que iam pedir.

Será que o pai dela pensava nela?

E se já a tivesse esquecido?

Essas eram as perguntas que Raymie queria fazer a alguém, mas não havia ninguém para perguntar.

— Por que vocês estão paradas aí? — perguntou Beverly. — Vocês vão pegar o livro ou não?

— Bom, minha nossa — disse Louisiana. — Eu pego o livro. — Ela entrou correndo na sala do zelador, agarrou Florence Nightingale, que estava na mesa, e voltou correndo.

De algum lugar no Golden Glen veio outro grito.

— Acho que agora a gente devia ir embora — falou Louisiana.

— É uma boa ideia — disse Beverly.

E as três começaram a correr.

Vinte e três

Lá fora, em frente ao Golden Glen, Louisiana estava segurando o livro, Beverly estava sentada na sarjeta e Raymie estava parada, em pé, olhando para o vazio.

— Vocês falaram que eu não ia ajudar em nada — disse Louisiana. — Mas eu achei e recuperei o livro. E libertei o passarinho!

— Ninguém mandou você libertar um passarinho — falou Beverly.

— Sim — disse Louisiana. — Essa parte foi um bônus, uma boa ação extra.

O coração de Raymie batia com força em algum lugar no fundo do peito. Boas ações, boas ações. Ela estava tão em dívida com as boas ações que achava que nunca ia conseguir compensar.

—Você... — disse Beverly.

Mas o que quer que ela pretendesse dizer em seguida foi interrompido pela aparição do carro da família Elefante. Ele vinha a toda velocidade pela rua Borton, soltando grandes nuvens de fumaça preta.

— Olhe — disse Raymie. Foi uma instrução completamente desnecessária. Teria sido impossível não ver aquele carro.

O carro encostou na sarjeta e parou, cantando pneu. Um pedaço do painel de madeira decorativo se destacava, pendendo num ângulo torto. Batia para lá e para cá, com ares pensativos.

— Entre, entre! — gritou a avó de Louisiana. — Ela está logo atrás de mim. Não há um minuto a perder.

— É a Marsha Jean? — perguntou Louisiana. — Ela está bem na nossa cola?

— Rápido! — gritou a avó. — Vocês todas.

— Nós todas? — perguntou Raymie.

— Não fiquem paradas aí! — gritou a avó. — Entrem no carro!

— Entrem no carro, entrem no carro! — gritou Louisiana, dando uns pulinhos. — Rápido. A Marsha Jean está bem na nossa cola!

Beverly olhou para Raymie. Encolheu os ombros. Andou na direção do carro e abriu a porta de trás.

—Você ouviu o que ela falou — disse Beverly, segurando a porta aberta. —Vamos logo. Não há um minuto a perder.

—Venha! — chamou Louisiana, entrando no carro. Raymie entrou atrás dela, e Beverly entrou por último. Bateu a porta com força, e a porta imediatamente abriu sozinha.

O carro acelerou tão depressa que todas foram jogadas contra o encosto do banco. A porta quebrada fechou com um estrondo e depois abriu de novo.

— Ai, minha nossa — disse Louisiana. — Lá vamos nós.

E lá se foram.

Vinte e quatro

A avó de Louisiana não acreditava em placas de PARE, ou não via as placas, ou talvez achasse que não se aplicavam a ela. Fosse qual fosse o motivo, o carro da família Elefante passava por todas as placas de PARE sem parar, sem nem mesmo desacelerar muito.

Elas estavam indo muito, muito depressa, e o carro fazia um monte de barulhos: rangidos (do pedaço solto no painel de madeira), batidas (da porta que não parava fechada) e uma cacofonia de gemidos mecânicos — os sons exaustos e desesperados que um motor faz quando é levado acima dos limites.

Além disso, como do banco de trás era impossível ver a cabeça da avó de Louisiana, parecia que quem estava dirigindo o carro era uma pessoa invisível.

Tudo parecia um sonho.

— Não se preocupem — assegurou Louisiana. — Vovó é a melhor que existe. Conseguiu driblar a Marsha Jean todas as vezes.

Beverly bufou.

Nesse instante, o carro acelerou — embora, um pouco antes, Raymie teria dito que isso não era possível.

Raymie olhou para Beverly e ergueu as sobrancelhas.

— Estamos fugindo sem deixar vestígios — disse Beverly. Ela sorriu, mostrando um dente lascado na frente. Raymie não tinha certeza, mas achou que talvez fosse a primeira vez que ela via Beverly Tapinski dar um sorriso de verdade.

Louisiana sorriu.

— Isso mesmo! — ela disse. — Não estamos deixando nenhum vestígio.

Do banco da frente, a vovó invisível deu risada.

E então Raymie estava rindo também.

Alguma coisa estava acontecendo com ela. Sua alma estava ficando maior e maior e maior. Raymie conseguia sentir a alma quase fazendo que ela levitasse do assento.

— O truque para lidar com pessoas como Marsha Jean — disse a avó de Louisiana — é ser sempre sagaz, contra-atacar, nunca desistir nem se render.

O carro acelerou ainda mais um pouco.

Raymie entendeu que, tecnicamente, deveria estar com medo. Ela estava num carro que era dirigido rápido demais por uma pessoa invisível. Além disso, parecia que o carro ia desmoronar a qualquer instante.

Mas Louisiana estava do lado dela – com as presilhas de coelhinho, as lantejoulas e o livro de Florence Nightingale nos braços; e Beverly estava do outro lado – com o machucado no rosto, as mãos ensebadas e um cheiro que era uma estranha mistura de óleo de motor e algodão-doce. E havia um vento soprando dentro do carro, e a alma de Raymie estava grande como nunca tinha estado antes, e ela não sentia nem um pouquinho de medo.

Ela virou para Beverly e disse:

— Você segurou a mão da Alice Nebbley.

— E daí? – perguntou Beverly, encolhendo os ombros. Ela sorriu de novo. – Ela me pediu para segurar.

— Estou tão feliz – disse Louisiana. – De repente estou repleta de felicidade. Devo cantar, vovó?

— É claro que deve, querida – respondeu a avó.

Então Louisiana começou a cantar *Raindrops keep fallin' on my head*, na voz mais bonita que Raymie já tinha ouvido. Parecia um anjo cantando. Não que Raymie já tivesse ouvido um anjo cantar. Mas, mesmo assim, era isso que parecia. Raymie ficou escutando e olhando pela janela para as placas de PARE que passavam depressa.

Por algum motivo, mesmo não sendo triste, a música fez Raymie pensar em coisas tristes. Fez Raymie pensar na luz da cozinha da casa dela, a luz em cima do forno, a que a mãe deixava acesa a noite inteira.

A música fez Raymie pensar naquela vez em que tinha ido até a cozinha no meio da noite para tomar um copo d'água e visto o pai sentado na mesa com a cabeça entre as mãos. Ele não tinha visto Raymie. E ela tinha recuado devagar e voltado para a cama sem dizer nada para ele.

O que ele estava fazendo na mesa, sozinho, com a cabeça entre as mãos?

Ela devia ter dito alguma coisa a ele.

Mas não disse.

Louisiana terminou de cantar, e sua avó disse:

— Faz bem para o meu coração ouvir você cantando, Louisiana. Faz acreditar que vai ficar tudo bem.

— Vai ficar tudo bem, vovó — disse Louisiana. — Eu prometo. Vou vencer esse concurso e ser rica como o rei Creso.

— Você é a melhor neta que uma velha poderia esperar. E agora veja só onde nós estamos.

— Em casa! — exclamou Louisiana.

— Sim — concordou a avó.

O carro desacelerou e saiu da estrada asfaltada para uma estrada de terra.

— Podemos comer atum todas juntas! — falou Louisiana.

— Meu Deus — disse Beverly.

E então elas chegaram ao fim da estrada de terra, e havia um casarão gigantesco diante delas. A varanda da frente estava com o teto caindo, e a chaminé, inclinada para o lado, como se estivesse pensando em alguma coisa importante. Algumas das janelas estavam tapadas com tábuas.

— Vamos lá — disse Louisiana. — Chegamos.

— Sério mesmo? — perguntou Beverly.

— Sim — disse a avó de Louisiana. — Fomos mais espertas que a Marsha Jean e chegamos em casa.

Vinte e cinco

Na cozinha havia várias pilhas muito altas de latas de atum vazias. As paredes eram pintadas de verde, e pela primeira vez Raymie ficou cara a cara com a avó. Era como olhar para Louisiana num espelho de parque de diversões. O cabelo da avó era grisalho e o rosto, enrugado, mas, tirando isso, ela era exatamente igual à neta. Era minúscula, não muito mais alta que Louisiana, e também tinha presilhas de coelhinho no cabelo, o que era estranho porque ninguém pensava necessariamente que uma mulher idosa usaria presilhas.

— Bem-vindas, bem-vindas — disse a avó, abrindo os braços. — Bem-vindas à nossa humilde morada.

— Sim — falou Louisiana. — Bem-vindas.

— Obrigada — agradeceu Raymie.

Beverly balançou a cabeça. Passou pela cozinha e entrou na sala.

— É um imenso prazer conhecer a melhor amiga da Louisiana — disse a avó para Raymie.

— Eu? — perguntou Raymie.

— Isso mesmo, você. É um tal de Raymie para cá e Raymie para lá, o dia inteiro. Deve ser maravilhoso ser idolatrada desse jeito. Enfim. Só me deixem localizar o abridor de latas — falou a avó — e nós teremos um banquete de atum.

— Ai, minha nossa — disse Louisiana. — Adoro quando tem banquete de atum.

— Cadê os móveis? — perguntou Beverly. Ela estava parada na soleira da porta da cozinha.

— Perdão, o que você disse? — perguntou a avó de Louisiana.

— Andei pela casa inteira e não tem móvel nenhum.

— Bom, por que raios você andou pela casa inteira procurando móveis?

— Eu... — hesitou Beverly.

— Pois é — disse a avó. — Quem sabe você possa fazer algo de útil e encontrar o abridor de latas, já que aprecia tanto procurar coisas.

— OK — falou Beverly. — Quer dizer, acho que sim. — Ela entrou na cozinha e começou a abrir e fechar portas.

— Oh! — exclamou a avó, colocando as duas mãos na cabeça. — Acabo de ter uma lembrança repentina. O abridor de latas está no carro.

— Está no *carro*? — perguntou Beverly.

— Louisiana, corra até lá e pegue para mim, pode ser, querida? E não volte enquanto não encontrar.

— Sim, vovó — disse Louisiana.

Louisiana se virou e saiu correndo, num borrão cor de laranja e lantejoulas e presilhas de coelhinho. Assim que a porta de tela se fechou batendo atrás dela, a avó virou para Beverly e Raymie e tirou um abridor de latas da manga do vestido.

— Tcharã! — ela fez. — Meu pai era mágico, o homem mais elegante e enganador que já viveu sobre a Terra. Aprendi com ele umas coisas que descobri serem úteis — truques de mão, por exemplo, como esconder coisas.

Ela mexeu as sobrancelhas.

— Os pais da Louisiana eram mesmo trapezistas? — perguntou Raymie. — Eles eram os Elefantes Voadores?

Beverly bufou.

— A história dos Elefantes Voadores vale a pena ser contada inúmeras vezes — disse a avó.

— Mas é verdade? — perguntou Raymie.

A avó de Louisiana ergueu a sobrancelha esquerda e depois a direita. Então sorriu.

Beverly revirou os olhos.

— E a Marsha Jean? — perguntou Raymie. — Ela é real?

— Marsha Jean é o fantasma do que está por vir. É bom estar sempre atento às pessoas que podem lhe fazer mal. Preciso que Louisiana seja cuidadosa. E sagaz. Não vou estar sempre aqui para protegê-la. Seria terrível demais se ela fosse parar no orfanato. Estou esperando que vocês duas possam ficar de olho nela, que vocês a protejam.

A porta de tela bateu com força.

— Procurei por tudo, vovó — disse Louisiana. — Não consigo achar.

— Não se preocupe, querida. Já localizei. E agora vamos ao nosso banquete! — A avó mostrou o abridor de latas, sorrindo.

Como Raymie poderia proteger Louisiana?

Ela nem sabia como proteger a si mesma.

Vinte e seis

Elas sentaram no chão da sala de jantar, embaixo de um gigantesco lustre.

— É muito bonito quando nós acendemos — disse Louisiana. — Mas agora não podemos acender porque não temos eletricidade.

A falta de móveis na sala fazia as palavras que elas diziam soarem engraçadas. Tudo tinha eco e rebatia nas paredes.

Elas comeram atum direto da lata e beberam água em copinhos de papel que tinham charadas impressas em vermelho nas laterais.

— Era para ter a resposta da charada no fundo, mas eles erraram e esqueceram de colocar a resposta — disse Louisiana —, e é por isso que ganhamos milhares desses copos de graça. Porque não têm a resposta. Isso não é interessante?

— Sim — respondeu Beverly. — É interessante.

Raymie levantou o copo de papel e leu em voz alta o que estava escrito na lateral.

— O que é que tem três pernas, nenhum braço e lê jornal o dia inteiro?

Ela olhou para o fundo do copo. Não havia nada escrito.

— Estão vendo? — perguntou Louisiana. — Não tem resposta.

— É uma pergunta imbecil — disse Beverly.

Lá fora houve um clarão de relâmpago e, então, o estrondo de um trovão. O lustre tremeu.

— Ooooooh! — exclamou a avó. — Essa vai ser das grandes.

— Sorte que estamos em segurança aqui dentro, e todas juntas — disse Louisiana.

A chuva começou a despencar do céu, e a sala de jantar, que era pintada de azul-escuro, transformou-se numa espécie de lugar tenebroso. Raymie ficou imaginando que talvez, de algum modo, elas tivessem viajado para outro mundo. Elas quatro, juntas. Tinha sido um dia tão estranho.

— Vovó? — chamou Louisiana.

— Sim, querida.

— Estou com saudade do Archie.

— Ora, não comece com isso. Lembre-se do que eu disse: não adianta nada olhar para trás.

— Mas eu tenho saudade dele — insistiu Louisiana. O lábio tremia.

— Ele está sendo muito bem cuidado no Centro Muito Gentil para Animais. Tenho certeza.

Beverly bufou.

Louisiana começou a chorar.

— Não pense nisso, querida — disse a avó. — Não há serventia em pensar em certas coisas. Coma o seu atum. Reflita sobre a sua charada.

Louisiana chorou mais alto.

Beverly pôs a mão nas costas de Louisiana. Chegou mais perto e sussurrou alguma coisa no ouvido dela.

— Isso é verdade — disse Louisiana. — Nós conseguimos mesmo.

— Conseguiram? — perguntou a avó. — O que é que vocês conseguiram, exatamente?

— Olhe — disse Beverly. — Meu pai é policial. Eu sei das coisas.

— Minha nossa. — A avó endireitou as costas. — Que interessante. Tenho uma pergunta, caso você me permita: seu pai é agente de polícia na nossa bela cidade?

— Não — respondeu Beverly.
— Então onde?
— Em Nova York — respondeu Beverly.
— Nova York! — exclamou Raymie. — Ele não está aqui? Está em Nova York? — Ela não conseguia acreditar. O pai de Beverly tinha ido embora. Beverly Tapinski também estava sem pai.

Raymie encarou Beverly, e Beverly a encarou de volta de um jeito muito feroz.

— Eu vou para lá, OK? — disse Beverly. — Assim que tiver idade para isso, vou me mudar para Nova York. Já fugi de casa duas vezes. Uma vez consegui ir até Atlanta.

— Atlanta! — gemeu Louisiana.

— Enquanto isso — disse Beverly —, estou presa aqui. Com vocês. Fazendo coisas imbecis, como procurar livros de biblioteca embaixo de camas de velhinhas.

Beverly pôs sua lata de atum no chão, levantou-se e saiu da sala de jantar.

Raymie sentiu sua alma encolher.

— Minha nossa! — exclamou a avó de Louisiana.

— Acho que ela está com o coração partido — disse Louisiana.

A alma de Raymie encolheu ainda mais.

— Cuidado com as pessoas de coração partido — avisou a avó —, pois farão você se extraviar do caminho.

Lá fora, a chuva ficou ainda mais forte.

— Mas isso vale para todas nós, não é, vovó? — perguntou Louisiana por cima do barulho da chuva. — Não estamos todas com o coração partido?

Vinte e sete

A viagem de volta para a cidade não foi rápida. Elas ainda não faziam questão de parar nas placas de PARE, mas passavam por elas devagar. E não havia ninguém cantando. Beverly ficou sentada com os braços cruzados na frente do peito, Louisiana olhando pela janela, e Raymie, de cabeça baixa, olhando para Um caminho iluminado: a vida de Florence Nightingale e flexionando os dedos dos pés. Mas ela não sabia mais direito quais eram seus objetivos.

Estava triste demais para ter objetivos.

— Não esqueça — disse Louisiana quando Raymie saiu do carro. — Nós conseguimos, mas tem outro grande mal que precisa ser corrigido.

Raymie olhou para o livro na mão.

— OK — ela disse. — A gente se vê na segunda, na casa da Ida Nee.

— Sim, nos vemos — falou Louisiana. — As Rancheiras vão se aventurar novamente. Eu prometo.

Beverly ficou imóvel, os braços cruzados na frente do peito. Não olhou para Raymie. Não disse nada.

Raymie fechou a porta do carro do jeito mais silencioso possível e subiu a escadinha da frente da sua casa. Antes de entrar, virou-se e observou o carro ir embora. Havia fumaça preta saindo do escapamento. Raymie ficou olhando para a fumaça, desejando que tomasse a forma de alguma coisa que fizesse sentido — uma letra, uma promessa. Ficou olhando até o carro desaparecer.

— Onde é que você estava, menina? — perguntou a mãe dela, segurando a porta da frente aberta. Atrás dela, estava a estante, repleta de todos os livros do pai de Raymie, e atrás de tudo estava a vastidão amarela do tapete felpudo, que parecia infinito.

— Eu estava... — disse Raymie —, estava, hã... lendo para os idosos.

— Entre — falou a mãe dela. — Aconteceu uma coisa.

— O quê? — perguntou Raymie. — O que aconteceu? — Ela sentiu a alma virar uma bolinha assustada.

— A sra. Borkowski — disse a mãe dela.

— A sra. Borkowski — repetiu Raymie.

Ela segurou Florence Nightingale muito perto do peito, como se a mulher da lamparina pudesse protegê-la do que quer que sua mãe estava prestes a dizer.

— A sra. Borkowski morreu.

Vinte e oito

Raymie ficou olhando para o tapete amarelo. Olhou para a estante de livros. Não podia encarar a mãe. Sentia-se, mais que qualquer outra coisa, desnorteada. Como a sra. Borkowski podia ter morrido?

— Não vai ter enterro — disse a mãe dela. — Mas vai ter uma cerimônia fúnebre amanhã, no auditório Finch. A filha da sra. Borkowski está cuidando das coisas, e é isso que ela disse que a mãe dela queria: uma cerimônia fúnebre, sem enterro. Sabe-se lá por quê. — A mãe de Raymie suspirou. — A sra. Borkowski sempre foi tão estranha.

— Mas como ela pode ter morrido? — perguntou Raymie.

— Ela era velha — disse a mãe de Raymie. — Teve um ataque cardíaco.

— Ah.

Raymie entrou na cozinha. Pegou o telefone e ligou para a Seguros Clarke. O telefone chamou uma vez. Raymie olhou para o relógio em formato de sol na parede da cozinha, que marcava 5:15 da tarde. Às vezes a sra. Sylvester ficava trabalhando até mais tarde nos sábados, datilografando coisas.

O telefone chamou outra vez.

— Por favor — disse Raymie. Ela tentou flexionar os dedos dos pés, mas seus pés estavam congelados, adormecidos. Os dedos simplesmente não se mexiam.

O sr. Staphopoulos nunca tinha dito o que você devia fazer se não *conseguisse* flexionar os dedos.

O telefone chamou uma terceira vez.

A sra. Borkowski estava morta!

— Seguros Clarke — disse a sra. Sylvester com sua voz de passarinho de desenho animado. — Como podemos protegê-lo?

Raymie não disse nada.

— Alô? — disse a sra. Sylvester.

Raymie não conseguia falar.

— É a Raymie Clarke? — perguntou a sra. Sylvester.

Raymie ficou parada na cozinha e fez que sim com a cabeça. Segurou o telefone e ficou olhando para o relógio em formato de sol, pensando no gigantesco pote de balas de goma da sra. Sylvester. Era como se ele tivesse luz em vez de balas de goma. Era um pensamento muito reconfortante — um pote cheio de luz.

— Eu... — hesitou Raymie. Mas ela não conseguia avançar mais que isso. A frase que ela precisava dizer estava entalada dentro dela. Talvez as palavras estivessem em algum lugar nos dedos dos pés? Além disso, ela sentia sua alma incrivelmente pequena. Nem sabia direito onde estava. Procurou dentro de si mesma, tentando localizá-la.

— Calma, calma — falou a sra. Sylvester.

— Hã... — disse Raymie.

— Ele vai voltar, meu bem — disse a sra. Sylvester.

Raymie entendeu que a sra. Sylvester achava que ela estava chateada porque seu pai tinha ido embora.

A sra. Sylvester não sabia que a sra. Borkowski tinha morrido.

Alguma coisa nisso fez a alma de Raymie encolher ainda mais e seus dedos dos pés ficarem ainda mais duros. Ocorreu a ela que ninguém sabia de fato os motivos que deixavam os outros chateados, e isso parecia terrível.

Ela sentiu falta de Louisiana. Sentiu falta de Beverly Tapinski.

Teve outro pensamento terrível: para onde tinha ido a alma da sra. Borkowski?

Onde estava?

Raymie fechou os olhos e viu um pássaro marinho gigantesco passar voando: suas asas eram imensas — enormes e escuras. Não pareciam nem um pouco as asas de um anjo.

— Sra. Borkowski? — ela sussurrou.

— O que foi que você disse, meu bem? — perguntou a sra. Sylvester.

— Sra. Borkowski — Raymie falou mais alto.

— Eu não sei quem é a sra. Borkowski, querida — disse a sra. Sylvester. — Aqui é a sra. Sylvester. E tudo vai ficar bem, muito bem.

— OK — disse Raymie.

De repente era difícil respirar.

A sra. Borkowski estava morta.

A sra. Borkowski estava morta!

Puuffff.

A mãe de Raymie não falou nada a caminho da cerimônia fúnebre. Ficou sentada, dirigindo, exatamente do mesmo jeito como sentava no sofá, olhando fixo para a frente, com a cara fechada.

O sol estava brilhando muito forte, mas o mundo inteiro parecia cinza, como se da noite para o dia tudo tivesse perdido a cor.

Elas passaram pela Pneus da Flórida Central. Havia uma faixa enorme na vitrine da loja: você pode ser a Pequena Rainha dos Pneus da Flórida Central 1975!

Raymie leu as palavras e ficou alarmada ao perceber que não faziam nenhum sentido para ela.

Ser a Pequena Rainha dos Pneus da Flórida Central? O que isso queria dizer? As palavras não lhe prometiam nada.

Raymie olhou para Florence Nightingale. Tinha trazido o livro porque não parecia uma boa ideia deixá-lo para trás.

— Que livro é esse? — perguntou a mãe dela, ainda olhando fixo para a frente.

— É um livro da biblioteca — respondeu Raymie.

— Ahã.

— É sobre Florence Nightingale. Ela foi uma enfermeira. Seguiu um caminho iluminado.

— Bom para ela.

Raymie olhou para o livro. Olhou para a lamparina de Florence Nightingale. Ela estava segurando a lamparina bem alto acima da cabeça. Parecia quase estar carregando uma estrela.

— Você acha que, se estivesse num buraco bem fundo no chão, e se fosse de dia e você olhasse para cima de dentro do buraco, para o céu, você veria estrelas, mesmo sendo de dia e com o sol brilhando?

— O quê? — perguntou a mãe dela. — Não. Do que você está falando?

Raymie também não sabia se acreditava, mas queria acreditar. Queria que fosse verdade.

— Não importa — ela disse à mãe. E elas passaram o resto do caminho para o auditório Finch em silêncio.

Vinte e nove

O piso do auditório Finch era formado por ladrilhos verdes e brancos. Desde que se lembrava, Raymie andava só nos ladrilhos verdes. Alguém tinha dito a ela que pisar nos brancos dava azar. Quem? Ela não lembrava.

Havia um palco na parte da frente do auditório. O palco tinha um piano e cortinas vermelhas que estavam sempre abertas. Raymie nunca tinha visto aquelas cortinas fechadas.

No centro do auditório havia uma mesa comprida. A mesa estava repleta de comida, com pessoas de pé em volta dela, conversando.

Raymie deixou o pé direito num quadrado verde e o pé esquerdo em outro quadrado verde, e ficou totalmente imóvel. Um adulto passou e pôs a mão na cabeça dela.

Alguém falou:

— Acho que é maionese, mas não tenho certeza. É difícil saber essas coisas.

Outra pessoa disse:

— Ela era uma mulher muito *interessante*.

Alguém deu risada. E Raymie se deu conta de que nunca mais ia ouvir a risada da sra. Borkowski de novo.

O pai de Raymie sempre dizia que a risada da sra. Borkowski parecia um cavalo aflito. Mas Raymie gostava. Ela gostava de como a sra. Borkowski jogava a cabeça para trás, escancarava a boca e relinchava quando ouvia uma coisa engraçada. Gostava de como dava para ver todos os dentes dela quando ria. Gostava do cheiro de naftalina da sra. Borkowski. Gostava de como a sra. Borkowski dizia "Puuffff". Gostava de como ela falava sobre a alma das pessoas. Raymie nunca tinha conhecido mais ninguém que falasse sobre almas.

A mãe de Raymie estava parada perto de uma mulher que segurava uma bolsinha preta brilhante junto do peito. A mãe dela estava falando, e a mulher da bolsinha preta brilhante concordava com a cabeça com tudo o que ela dizia.

Raymie queria ouvir a sra. Borkowski sorrir.

Queria ouvi-la dizer "Puuffff".

Raymie achava que nunca tinha se sentido tão sozinha na vida. Então ouviu alguém exclamar:

— Ai, minha nossa.

Raymie virou para olhar e lá estava Louisiana Elefante. E junto com Louisiana estava sua avó, vestindo um casaco de peles, mesmo sendo verão.

A avó de Louisiana tinha um lenço de papel na mão e o sacudia de um lado para o outro na frente do rosto. — Estou profundamente consternada — falou sem olhar em especial para ninguém.

— Estou profundamente consternada também — disse Louisiana. Estava olhando para a mesa cheia de comida.

Tanto Louisiana como sua avó tinham um montão de presilhas de coelhinho no cabelo.

Louisiana.

Louisiana Elefante.

Raymie nunca tinha ficado tão contente em ver alguém na vida.

— Louisiana — ela sussurrou.

— Raymie! — gritou Louisiana. Ela deu um sorriso enorme e abriu os braços, e Raymie andou na direção dela, pisando tanto em ladrilhos brancos quanto em ladrilhos verdes. Ela não se importava mais. Pisou em todos os ladrilhos porque coisas ruins aconteciam o tempo todo, independentemente da cor dos ladrilhos em que você pisava.

Louisiana pôs os braços em volta de Raymie.

Raymie soltou Florence Nightingale. O livro caiu no chão e fez o barulho de alguém batendo as mãos.

Raymie começou a chorar.

— A sra. Borkowski morreu — ela disse. — A sra. Borkowski morreu.

Trinta

— Shhh — fez Louisiana, dando um tapinha nas costas de Raymie. — Lamento muito pela sua perda. É isso que se deve dizer numa cerimônia fúnebre. E é mesmo verdade. Eu lamento pela sua perda.

Raymie ouviu o som agudo do ar que entrava e saía dos pulmões úmidos de Louisiana.

— Eu gosto das palavras "Lamento pela sua perda" disse Louisiana, ainda segurando Raymie. — Acho essas palavras boas. Você pode dizer isso a qualquer pessoa, em qualquer momento. Ora, você poderia dizer isso a mim, e isso se aplicaria ao Archie ou aos meus pais.

Raymie soluçou.

— Lamento pela sua perda — ela repetiu.

— Calma, calma — disse Louisiana. — Continue chorando. — Os pulmões dela chiavam e as presilhas de coelhinho davam estalinhos toda vez que ela batia nas costas de Raymie.

Lá em cima do palco, alguém começou a tocar a valsa *Chopsticks* no piano.

Raymie teria imaginado que não seria nada consolador ser abraçada por alguém tão instável como Louisiana, mas, na verdade, era muito consolador, mesmo com aquele barulho das presilhinhas estalando e o pulmão chiando.

Raymie segurou-se em Louisiana com força. Soluçou de novo. Fechou os olhos e os abriu de novo. Viu a avó de Louisiana parada em frente à mesa de comida, com um enorme cacho de uvas verdes na mão. Observou-a enfiar as uvas dentro da bolsa. E então a avó de Louisiana colocou um punhado de bolachas salgadas no bolso do casaco de peles.

A avó de Louisiana estava roubando comida da mesa de comida da cerimônia da sra. Borkowski!

O piano começou a tocar mais alto. Raymie se segurou em Louisiana e olhou para o salão em volta. Sua mãe estava parada num canto, de braços cruzados. Estava ouvindo alguém falar. Estava concordando com a cabeça.

A avó de Louisiana enfiou um pedação inteiro de queijo cor de laranja dentro da bolsa.

Raymie sentiu tontura.

— Estou tonta — ela disse.

Louisiana soltou Raymie. Abaixou-se e recolheu Florence Nightingale do chão.

— Venha cá — falou, conduzindo Raymie pela mão até o palco e empurrou uma das cortinas vermelhas. Uma galáxia de poeira ergueu-se no ar e pairou em volta da cabeça delas. A poeira parecia comemorar alguma coisa.

— Agora sente — disse Louisiana, apontando os degraus do palco. Raymie sentou. — Conte-me tudo o que você sabe sobre a sra. Boralucky.

— Borkowski — corrigiu Raymie.

— Isso também — disse Louisiana. — Conte-me.

Raymie olhou para as próprias mãos.

Tentou flexionar os dedos dos pés, mas ainda não estavam funcionando.

— Hã... — ela falou. — O nome dela era sra. Borkowski. Ela morava na casa do outro lado da rua e, quando dava risada, mostrava todos os dentes da boca.

— Que legal — disse Louisiana, dando um tapinha na mão de Raymie. — Quantos dentes ela tinha?

— Um monte — disse Raymie. — Todos, eu acho. Eu cortava as unhas dos pés dela porque ela não conseguia alcançar os pés. Ela me pagava com divindade.

— O que é divindade? — perguntou Louisiana.

— É um tipo de doce. Meio que parece uma nuvem e não tem gosto de nada. É só muito, muito doce. Às vezes a sra. Borkowski colocava nozes em cima.

— Parece uma delícia — disse Louisiana, suspirando. — Eu sou louca por açúcar. E acho uma boa ideia colocar nozes em cima das coisas, você não acha?

— A sra. Borkowski sabia a resposta para tudo — falou Raymie.

— Bom, a vovó é igualzinha. Também sabe a resposta para tudo. — Louisiana puxou a cortina de veludo, e outra galáxia de poeira levantou-se e rodopiou em volta delas.

Raymie olhou para as partículas que dançavam.

— Puufffff — ela ouviu a sra. Borkowski dizer, apesar de a sra. Borkowski estar morta.

E então Raymie pensou: e se cada grão de poeira fosse um planeta, e se cada planeta estivesse cheio de pessoas e todas essas pessoas em todos esses planetas tivessem alma e fossem iguaizinhas a ela — tentando flexionar os dedos dos pés e entender o sentido das coisas e não conseguindo muito?

Era uma ideia assustadora.

— Estou com tanta fome — disse Louisiana. — Sinto fome o tempo todo. A vovó fala que eu sou um saco sem fundo. Fala que um dia eu vou comer tanto que ela vai ter que vender a casa. E é por isso que eu tenho que ganhar o concurso de Pequena Rainha dos Pneus da Flórida Central 1975, para a gente não morrer de fome.

— Meu pai foi embora — disse Raymie.

— O que você disse? — perguntou Louisiana.

— Meu pai foi embora.

— Mas foi para onde? — perguntou Louisiana. Ela olhou em volta no auditório Finch como se o pai de Raymie estivesse ali em algum lugar, escondido embaixo de uma mesa ou atrás de uma cortina.

— Ele fugiu com uma higienista dental — contou Raymie.

— Higienista dental é uma pessoa que limpa os seus dentes — disse Louisiana.

— Isso — concordou Raymie.

Louisiana pôs a mão nas costas de Raymie.

— Lamento muito — ela disse. — Lamento muito pela sua perda.

— Eu ia tentar trazê-lo de volta — falou Raymie. — Ia tentar ganhar o concurso para minha foto sair no jornal, e pensei que isso ia trazê-lo de volta. —

— Seria legal sua foto sair no jornal — falou Louisiana. — Ele ficaria orgulhoso de você.

— Eu não acho que vai dar certo — disse Raymie. — Não acho que nada disso vai dar certo.

Assim que ela disse essas palavras terríveis, começou um tumulto em volta da mesa de comida.

Raymie ouviu a avó de Louisiana gritar:

— Faça o favor de me soltar, senhor!

— Opa, peraí — falou outra pessoa. — Vamos manter a calma.

— Oh-oh! — exclamou Louisiana.

Então a avó de Louisiana disse:

— Não compreendo ao certo o que o senhor está insinuando exatamente, mas posso lhe garantir que essa insinuação não me diz respeito, qualquer que seja. — E então ela disse numa voz ainda mais alta. — Louisiana! É chegada a hora de partir.

— Acho que eu tenho que ir — disse Louisiana.

Ela se levantou e pôs a mão nas costas de Raymie, e então olhou nos olhos dela e disse:

— Quero te dizer uma coisa.

— OK — falou Raymie.

— Estou muito feliz de te conhecer — disse Louisiana.

— Também estou feliz de te conhecer — falou Raymie.

— E queria te dizer que, aconteça o que acontecer, eu estou aqui e você está aqui e nós estamos aqui juntas. — Louisiana fez um gesto no ar com o braço esquerdo como se fosse um truque de mágica que tivesse acabado de fazer surgir todo o auditório Finch — as cortinas de veludo, o velho piano, o piso de ladrilhos verdes e brancos.

— OK — disse Raymie, flexionando os dedos dos pés. Seus pés estavam um pouquinho menos dormentes.

— Te vejo amanhã na aula de girar bastão — falou Louisiana. — Mas, enquanto isso, acho que vou sair por esta porta dos fundos. Se aparecer a Marsha Jean ou a polícia, não fale para eles do meu paradeiro.

E então, antes que Raymie pudesse impedi-la, Louisiana saiu pela porta onde estava escrito APENAS SAÍDA DE EMERGÊNCIA. EQUIPADA COM ALARME.

O alarme tocou imediatamente.

Era muito alto.

Raymie viu todo o mundo correndo de um lado para o outro no auditório Finch, tentando entender qual era a emergência. Ela estendeu a mão, puxou a cortina e observou a poeira que levantava no ar e rodopiava.

Flexionou os dedos dos pés outra vez.

Conseguia sentir sua alma. Era uma faísca minúscula em algum lugar bem fundo dentro dela.

Estava brilhando.

Trinta e um

O mundo continuava.

Pessoas iam embora, pessoas morriam, pessoas iam a cerimônias fúnebres e enfiavam queijos cor de laranja na bolsa. Pessoas confessavam a você que sentiam fome o tempo todo. E então você se levantava de manhã e fingia que nada disso tinha acontecido.

Você levava seu bastão para aulas de girar bastão e ficava embaixo dos pinheiros sussurrantes de Ida Nee, na frente do lago Clara, onde Clara Wingtip tinha se afogado. Você ficava com Louisiana Elefante e Beverly Tapinski esperando Ida Nee aparecer e ensinar como girar um bastão.

O mundo — incrivelmente, inexplicavelmente — continuava.

— Ela está atrasada — disse Beverly.

— Ai, minha nossa! — exclamou Louisiana. — Estou começando a ficar com medo de nunca aprender a girar bastão.

— Girar bastão é uma idiotice — disse Beverly. — Ninguém precisa saber girar bastão.

— Eu preciso — contestou Louisiana. — Isso é exatamente o que eu preciso saber.

Raymie não disse nada. Fazia muito calor. Ela olhou para o lago. Não sabia mais do que ela precisava.

— Tenho uma ideia — falou Louisiana. — Vamos procurar a Ida Nee.

— Vamos não procurar ela e falar que fomos — disse Beverly. Ela jogou o bastão no ar e o pegou com um gesto elegante do pulso. O machucado em seu rosto agora era só uma mancha amarela. Ela estava mascando chiclete de maçã verde. Raymie sentia o cheiro.

— Bom, eu vou lá procurá-la — disse Louisiana — porque estou desesperada para vencer o concurso e ganhar o dinheiro para não ir para o orfanato.

— Ahã — disse Beverly. — Certo. Isso a gente já sabe.

— Vocês vêm comigo?

Como ninguém respondeu, ela virou as costas e foi andando na direção da casa.

Beverly olhou para Raymie e encolheu os ombros.

Raymie repetiu o gesto. Então virou-se e foi atrás de Louisiana.

— OK, OK — falou Beverly. — Vocês é que sabem. Além disso, não tem mais nada para fazer aqui.

As três andaram até o caminho de cascalho na entrada da casa de Ida Nee.

— Somos as Três Rancheiras — disse Louisiana — e estamos indo numa missão de busca e resgate.

— Pode inventar a história que você quiser — falou Beverly.

Quando chegaram à entrada, elas pararam e examinaram a casa e a garagem. Tudo estava em silêncio. Não havia sinal de Ida Nee.

— Quem sabe ela está no escritório — falou Louisiana — planejando o que vai nos ensinar hoje.

— Ahã, claro — disse Beverly.

Louisiana bateu na porta da garagem. Não aconteceu nada. Beverly veio por trás de Louisiana, esticou o braço e mexeu na maçaneta.

— Esta fechadura é moleza — disse Beverly. Tirou o canivete do bolso do *shorts* e passou o bastão para Raymie. — Segure aqui — ela pediu.

Ela começou a trabalhar na fechadura. Tinha uma expressão pensativa no rosto.

— Hã... — falou Raymie —, será que é uma boa ideia arrombar a porta do escritório da Ida Nee?

— Que mais tem para fazer? — perguntou Beverly.

Ela cutucou a fechadura por mais alguns segundos e então abriu um sorriso enorme.

— Pronto — ela disse.

A porta se abriu totalmente.

— Ai, minha nossa — zombou Louisiana. — Isso é uma ótima habilidade.

— Melhor que girar o bastão — disse Beverly.

Louisiana espiou dentro do escritório.

— Srta. Nee? — ela chamou. — Viemos para a aula de girar bastão...?

Beverly deu um empurrãozinho em Louisiana.

— Se você quer tanto encontrá-la, entre aí.

— Srta. Nee? — chamou Louisiana outra vez. Ela foi avançando para dentro do escritório. Beverly e Raymie foram atrás. O chão e as paredes da garagem eram cobertos de carpete felpudo verde. O teto também era coberto de carpete felpudo verde. Havia troféus de girar bastão espalhados por toda parte, centenas e centenas de troféus brilhando naquela penumbra verde, fazendo a garagem parecer a caverna de Ali Babá. Encostada na parede do fundo havia uma escrivaninha com uma placa de metal que dizia: IDA NEE, CAMPEÃ ESTADUAL.

Acima da escrivaninha, havia uma cabeça de alce.

— Caramba, se existe um lugar que precisa ser sabotado — disse Beverly —, é este lugar aqui. A Ida Nee age como se fosse campeã em tudo. Mas alguns desses troféus não são nem dela. Estão vendo este aqui? — Ela apontou. — Este pertence à minha mãe.

Louisiana espremeu os olhos para ver melhor o troféu.

— Aqui diz Rhonda Joy — ela disse. — Quem é Rhonda Joy?

— Esse era o nome da minha mãe. Antes de se casar com o meu pai.

— Você poderia ter sido Beverly Joy! — falou Louisiana.

— Não — disse Beverly. — Não poderia.

— Sua mãe era giradora de bastão? — perguntou Raymie.

— Minha mãe era giradora de bastão e campeã de concursos de beleza — respondeu Beverly. — Mas quem se importa com isso? Hoje ela não é nenhuma dessas coisas. Agora é só uma funcionária da lojinha de presentes da torre Belknap, vendendo luz do sol enlatada e jacarés de borracha.

— Tem uma bela fortuna aqui — disse Louisiana. — A gente poderia vender todos estes troféus e nunca mais precisar se preocupar com dinheiro.

— Isso é um monte de cacarecos inúteis — disse Beverly.

Raymie estava ouvindo Beverly e Louisiana, mas também não estava ouvindo. Estava olhando para a cabeça de alce, e o alce estava olhando de volta para ela.

Ele tinha os olhos mais tristes que ela já vira na vida.

Pareciam os olhos da sra. Borkowski.

Certa vez, quando Raymie estava cortando as unhas dos pés da sra. Borkowski, ela tinha feito uma pergunta a Raymie. Tinha dito:

— Diga-me, por que o mundo existe?

E Raymie tinha olhado para a cara da sra. Borkowski, para seus olhos tristes, e respondido:

— Não sei.

— Exatamente — disse a sra. Borkowski. — Você não sabe. Ninguém sabe. Ninguém sabe.

— O que você está olhando tanto? — perguntou Beverly.

— Nada — respondeu Raymie. — É só que o alce parece triste.

— Ele está morto — falou Beverly. — É óbvio que está triste.

— Mas não vamos perder de vista o problema real — disse Louisiana —, que é que a Ida Nee desapareceu.

— Dã — fez Beverly.

— Quem sabe se a gente não devia olhar dentro da casa — falou Louisiana.

Raymie ainda olhava para o alce.

Puuffff. Diga-me, por que o mundo existe?

— Vamos — disse Beverly. — Você tem que continuar andando. — Ela pôs a mão no ombro de Raymie e girou o corpo dela na direção da porta, por onde entrava a luz do mundo lá fora.

Raymie piscou.

— E só continuar andando — repetiu Beverly.

E Raymie andou na direção da porta aberta.

Trinta e dois

Elas bateram na porta da casa de Ida Nee e tocaram a campainha, e, como ninguém respondeu, Louisiana disse:

— Talvez ela precise de ajuda. Talvez as Três Rancheiras devessem ir ao resgate dela.

— Rá — falou Beverly.

— Talvez você devesse arrombar a porta e entrar — disse Louisiana.

— Isso até que é uma boa ideia — disse Beverly. E tirou o canivete e arrombou a fechadura da porta da casa de Ida Nee.

— Srta. Nee? — gritou Louisiana. — Somos nós, as Três Rancheiras.

De algum lugar lá no fundo da casa, veio o som de alguém cantando e também o de alguém roncando.

Louisiana foi a primeira a virar no corredor. Beverly a seguiu. Raymie foi atrás de Beverly.

— Ela está dormindo — sussurrou Louisiana, virando de volta para elas. — Olhe! — Ela apontou para Ida Nee, que estava estendida num sofá comprido. Um dos braços dela estava pendurado, quase encostando no chão, e com o outro ela segurava o bastão junto do peito. Estava usando as botas brancas.

Havia uma música country tocando no rádio. Era alguém cantando sobre outro alguém que estava indo embora. Tantas músicas country pareciam ser sobre pessoas indo embora e deixando outras.

A boca de Ida Nee estava escancarada.

— Ela parece uma princesa adormecida num conto de fada — disse Louisiana.

— Ela parece bêbada — falou Beverly, inclinando-se para fazer cócegas no braço de Ida Nee.

— Ai, minha nossa! — exclamou Louisiana. — Não faça isso. Não deixe ela brava. — Louisiana se inclinou até perto da orelha de Ida Nee e disse:

— Vamos acordar, srta. Nee. É hora da aula.

Nada aconteceu.

Raymie olhou para Ida Nee e então desviou o olhar. Havia algo de assustador em ver um adulto dormir. Era como se não houvesse ninguém tomando conta do mundo. Em vez disso, Raymie olhou para o lago Clara. O lago era azul e brilhante.

Clara Wingtip tinha ficado sentada na frente de sua cabana por trinta e seis dias seguidos, esperando o marido voltar da Guerra Civil. Então, no trigésimo sétimo dia, ela foi lá e se afogou no lago. Por acidente. Ou de propósito. Quem saberia dizer como aconteceu?

No trigésimo oitavo dia, David Wingtip voltou.

Mas era tarde demais. Não importava. Clara já não estava lá.

Quanto tempo uma pessoa deve esperar? Essa era outra pergunta que Raymie queria ter feito à sra. Borkowski. Quanto tempo uma pessoa deve esperar, e quando deve parar de esperar?

Talvez, pensou Raymie, *eu devesse ir até a garagem e fazer essa pergunta para o alce.*

Diga-me, por que o mundo existe?

— Vou pegar o bastão dela — disse Beverly.

— O quê? — perguntou Raymie.

— Vou pegar o bastão dela. Olhem.

— Não, não, não — disse Louisiana, cobrindo os olhos com as mãos. — Não faça isso. Não consigo assistir.

Beverly se debruçou sobre Ida Nee adormecida. O mundo ficou em silêncio completo. A música no rádio acabou. Ida Nee parou de roncar.

— Oh, não! — exclamou Louisiana, ainda com o rosto coberto.

— Por favor — disse Raymie.

— Parem de agir como bebês — falou Beverly. Ela se debruçou sobre Ida Nee, e o bastão virou uma corda prateada correndo pelos dedos de Beverly. — Tcharã! — disse Beverly, levantando. Ela mostrou o bastão. Brilhava com a luz refletida no lago Clara.

— Ai, minha nossa! — exclamou Louisiana.

Beverly jogou o bastão no ar e o pegou de novo.

— Sabotagem! — ela disse. — Sabotagem, sabotagem!

Outra música country começou a tocar no rádio. Ida Nee bufou uma, duas vezes. E então começou a roncar de novo.

Beverly jogou o bastão no ar, desta vez mais alto. Girou o bastão atrás das costas. Girou o bastão na frente, tão veloz e furiosa que o bastão ficou quase invisível.

— Oh! — exclamou Louisiana. — Você é gênia em girar o bastão.

— Sou gênia em tudo — disse Beverly. Ela continuou girando. Sorriu, revelando o dente da frente lascado. — Vamos — ela disse. — Vamos sair daqui.

E saíram.

Trinta e três

Elas saíram da casa de Ida Nee e começaram a andar pela estrada, voltando em direção à cidade. Raymie carregava o bastão de Beverly e seu próprio bastão.

Beverly parava de vez em quando para bater o bastão de Ida Nee nos pedregulhos ao longo da estrada. O lago brilhava, surgindo e depois sumindo de novo, conforme a estrada fazia curvas, e elas se afastavam cada vez mais.

— Para onde a gente está indo? — perguntou Raymie.

— Estamos fugindo sem deixar vestígios — respondeu Louisiana.

— Isso mesmo — confirmou Beverly. Ela parou e bateu outra vez no cascalho com o bastão de Ida Nee. — Sem. Deixar. Vestígios.

— Já sei — disse Louisiana.

— O quê? — perguntou Raymie.

— Chegou a hora. Nós, as Três Rancheiras, deveríamos ir resgatar o Archie.

— Nós não somos as Três Rancheiras — disse Beverly.

— Bom, então quem somos? — perguntou Louisiana.

— Olhe — disse Beverly. — Esse gato não pode ser resgatado.

— Vocês disseram que iam me ajudar. Vamos só até o Centro Muito Gentil para Animais perguntar por ele.

— Não existe um Centro Muito Gentil para Animais! — gritou Beverly. — Quantas vezes eu preciso te dizer isso?

Raymie ficou parada entre Beverly e Louisiana e flexionou os dedos dos pés. De repente, ela estava apavorada.

— Vocês vão me ajudar ou não? — perguntou Louisiana, encarando Beverly e Raymie. As presilhas de coelhinho brilhavam num tom de rosa derretido na cabeça dela.

Fazia muito calor.

— Tudo bem — respondeu Beverly. — Podemos ir procurar o gato. Só o que estou dizendo é que você não entende como o mundo funciona.

— Eu entendo, sim, como o mundo funciona — disse Louisiana, pisando duro no cascalho. — Sei exatamente como funciona. Meus pais se afogaram! Eu sou órfã! Não tem nada para comer no orfanato, além de carne processada e sanduíches! E esse é um dos jeitos como o mundo funciona.

Louisiana respirou fundo. Raymie ouviu os pulmões dela chiarem.

— Seu pai está em Nova York — disse Louisiana, apontando para Beverly. — E você tentou ir até ele, mas não conseguiu. Você só chegou até a Geórgia, e a Geórgia é só o estado vizinho. Isso não é nada longe. E é *assim* que o mundo funciona.

O rosto de Louisiana estava muito vermelho. As presilhas de coelhinho estavam pegando fogo.

— E o *seu* pai — ela disse, girando para ficar de frente para Raymie —, seu pai fugiu com uma pessoa que faz limpeza dentária, e você não sabe se um dia ele vai voltar. E é assim que o mundo funciona! Mas o Archie é o Rei dos Gatos, e eu traí ele. Quero ele de volta, e quero que vocês me ajudem porque nós somos amigas. E também é assim que o mundo funciona.

Louisiana pisou duro mais uma vez. Uma nuvenzinha de cascalho subiu entre elas.

Raymie sentiu sua alma em algum lugar bem fundo dentro dela. Era uma coisa pequena, triste, pesada, uma bolinha de chumbo. Ela percebeu, de repente, que nunca seria a Pequena Rainha dos Pneus da Flórida Central. Não iria nem *tentar* ser a Pequena Rainha dos Pneus da Flórida Central.

Mas Louisiana era amiga dela e precisava ser protegida, e a única ideia que Raymie tinha para melhorar as coisas agora era ser uma boa Rancheira.

Então Raymie disse:

— Eu vou com você no Centro Muito Gentil para Animais, Louisiana. Vou te ajudar a pegar o Archie de volta.

O sol estava alto, muito alto acima delas. Estava batendo nas três, observando, esperando.

— Tudo bem — falou Beverly, encolhendo os ombros. — Se é isso que nós vamos fazer, então é isso que nós vamos fazer.

Elas andaram em silêncio pelo resto do caminho até a cidade.

Louisiana foi na frente.

Trinta e quatro

O Centro Muito Gentil para Animais era um prédio feito de blocos de concreto pintados de cinza. Um dia, talvez em outra época mais feliz, os blocos de concreto tinham sido cor-de-rosa. Em vários lugares, o cinza estava descascado revelando o rosa, fazendo parecer que o Centro Muito Gentil para Animais tinha uma doença de pele.

Havia uma plaquinha na parede. Dizia PRÉDIO 10.

A porta era de madeira empenada, pintada de cinza.

Havia uma única arvorezinha mirrada na frente do prédio. Era marrom e sem folhas.

— É aqui? — perguntou Beverly. — É este o lugar?

— Aqui diz que é o Prédio Dez — disse Raymie.

— Este é o Centro Muito Gentil para Animais. Foi aqui que a vovó trouxe o Archie. — A voz de Louisiana estava fina e angustiada.

— OK, OK — disse Beverly. — Tá bom. É este o lugar. Me façam um favor e deixem que eu converso com eles, OK? Fiquem de boca fechada uma vez na vida.

Estava muito escuro dentro do Prédio 10. Havia uma mesa e um arquivo de metal e uma única lâmpada pendurada no teto. O chão era de cimento. Havia uma mulher sentada à mesa, comendo um sanduíche. E havia uma porta fechada, que dava sabe-se lá onde.

Cada um desses detalhes surgiu da penumbra lentamente, com relutância.

— Sim? — falou a mulher sentada à mesa.

— Nós viemos buscar um gato — disse Beverly.

— Aqui não tem gatos — informou a mulher. — Nós damos um jeito nos gatos no próprio dia em que eles chegam.

— Oh, não! — exclamou Raymie.

A mulher deu uma mordida no sanduíche.

— Dão um jeito neles? — perguntou Louisiana. — Dão um jeito como? Dão um jeito de quê? Um jeito de eles ficarem protegidos?

A mulher não respondeu. Ficou sentada, estudando o sanduíche.

De trás da porta fechada veio um som terrível. Era um uivo de desespero, aflição e dor. Era o som mais solitário que Raymie já tinha ouvido. Era pior que Alice Nebbley gritando para alguém segurar a mão dela. Todos os pelinhos da nuca de Raymie ficaram em pé. Sua alma murchou. Ela agarrou o braço de Louisiana.

— O que tem atrás daquela porta? — perguntou Louisiana, apontando para a porta com seu bastão.

— Nada — respondeu a mulher.

— Olhe! — disse Beverly. — O nome do gato é Archie. Você pode checar seus registros ou alguma coisa assim?

— Nós não guardamos registros dos gatos — respondeu a mulher. — São gatos demais. Os gatos chegam, nós damos um jeito neles.

— Um jeito de quê? — perguntou Louisiana.

— Vamos — falou Beverly. — Vamos embora.

— Não — disse Louisiana. — Não vamos embora. O gato é meu. Quero ele de volta.

Veio de novo aquele uivo. Preencheu o prédio inteiro. A mulher sentada à mesa deu outra mordida no sanduíche, e a lâmpada no centro da sala balançou de um lado para o outro como se estivesse tentando juntar energias para ir embora do Prédio 10 e procurar outra sala melhor para iluminar.

Raymie ainda estava se segurando em Louisiana. Beverly agarrou a outra mão de Louisiana.

— Vamos — ela disse. — Agora. Temos que ir embora.

— Não — falou Louisiana. Mas deixou que as duas a puxassem na direção da porta e, então, para fora, onde o sol brilhava.

— O que ela quer dizer com *dar um jeito?* — perguntou Louisiana quando elas estavam lá fora.

— Olha — disse Beverly. — Eu te disse. Estou te dizendo esse tempo todo. O gato já era.

— Como assim "já era"? — perguntou Louisiana.

— Está morto — respondeu Beverly.

Morto.

Era uma palavra tão terrível — tão final, tão indiscutível. Raymie olhou para o céu azul lá em cima, para o sol.

— Talvez o Archie esteja com a sra. Borkowski — disse Raymie para Louisiana. Ela teve uma visão repentina da sra. Borkowski sentada em sua cadeira de jardim no meio da rua com um gato no colo.

— Não — falou Louisiana. — Vocês estão mentindo. O Archie não está morto. Eu saberia se ele estivesse morto.

Então, antes que alguém conseguisse detê-la, Louisiana abriu a porta de madeira empenada e voltou lá dentro.

— Ei! — exclamou Raymie.

— Lá vamos nós — disse Beverly.

Elas entraram juntas no Prédio 10, onde Louisiana estava gritando:

— Devolve ele, devolve ele, devolve ele para mim! — enquanto chutava a mesa de metal.

A mulher com o sanduíche não parecia incomodada, nem mesmo especialmente surpresa com o que estava acontecendo. Louisiana parou de chutar e começou a bater na mesa com o bastão. Isso pareceu irritar um pouquinho a mulher. Provavelmente ninguém nunca tinha batido na mesa dela com um bastão. Ela pôs o sanduíche na mesa.

— Pare com isso — ela falou.

O bastão batendo na mesa fazia um som oco, que reverberava. Parecia um tambor quebrado anunciando a morte de um rei.

— Eu vou parar. Assim que. Você me devolver. O Archie! — gritou Louisiana.

Raymie pensou que talvez fosse a coisa mais corajosa que ela já tinha visto, alguém exigindo de volta algo que não existia mais. Vendo Louisiana fazer aquilo, Raymie sentiu a alma se levantando dentro dela, mesmo que o mundo inteiro fosse escuro, triste e iluminado só por uma única lâmpada.

— Vocês tinham que ter cuidado dele — disse Louisiana para a mulher. Pá. — Tinham que ter dado comida para ele três vezes por dia — *pá* — e coçado atrás da orelha dele — *pá* — do jeitinho que ele gosta.

Pá, pá, pá.

De trás da porta fechada, veio outra vez aquele uivo terrível.

Louisiana parou de bater com o bastão na mesa. Ficou escutando e, então, se debruçou, pôs as mãos nos joelhos e começou a tomar fôlego, em grandes goles.

— Agora ela vai desmaiar — falou Beverly para Raymie. — Quando ela desmaiar, você segura as mãos dela e eu seguro os pés, e a gente carrega ela para fora.

— Eu não vou — disse Louisiana. — Não vou. Desmaiar.

E então tombou para o lado.

— Agora — falou Beverly. Raymie pegou as mãos de Louisiana e Beverly, os pés. Elas a carregaram para fora do Centro Muito Gentil para Animais e a colocaram estendida embaixo da arvorezinha derrotada.

O peito de Louisiana subia e descia. Seus olhos estavam fechados.

— E agora? — perguntou Beverly.

Raymie flexionou os dedos dos pés, fechou os olhos e viu aquela única lâmpada balançando de um lado para o outro. Não tinha luz suficiente ali. A lâmpada era pequena demais para aquela sala escura terrível.

Não tinha luz suficiente em lugar nenhum, na verdade.

E então Raymie se lembrou do pote de balas de goma da sra. Sylvester. Viu o pote brilhando à luz do fim de tarde que entrava pela janela do escritório da Seguros Clarke.

— Podemos levá-la para o escritório do meu pai — disse Raymie. — Não é longe.

Trinta e cinco

— O que está acontecendo? — perguntou a sra. Sylvester com sua voz de passarinho. — O que está acontecendo, Raymie Clarke? Por que vocês três estão encharcadas? Está chovendo? — A sra. Sylvester virou a cabeça e olhou para o sol que brilhava através da janela de vidro do escritório da Seguros Clarke.

— Tivemos que colocar ela embaixo do irrigador de jardim — respondeu Beverly — para... hã... reanimar ela, e ela poder andar até aqui.

— Colocá-la embaixo do irrigador de jardim? — perguntou a sra. Sylvester. — Reanimá-la?

— Eles pegaram o Archie, e não querem devolver — disse Louisiana, erguendo o punho e agitando-o no ar. E então disse:

— Sinto que talvez eu devesse sentar.

— Archie é o gato dela — disse Raymie. — Ela desmaiou.

— Alguém pegou o seu gato? — perguntou a sra. Sylvester.

— Eu quero muito sentar agora — falou Louisiana.

— É claro, meu bem — disse a sra. Sylvester. — Pode sentar à vontade.

Louisiana se agachou no chão.

— Quem pegou o gato dela? — perguntou a sra. Sylvester.

— É complicado — respondeu Raymie.

— Que cheiro bom que tem aqui — falou Louisiana numa voz sonhadora.

O escritório cheirava a fumaça de cachimbo, apesar de nem o pai de Raymie nem a sra. Sylvester fumarem cachimbo. O ex-proprietário do escritório, um corretor de seguros chamado Alan Klondike, é que tinha sido o fumador de cachimbo. O cheiro impregnara o lugar.

— Raymie? — falou a sra. Sylvester.

— Estas são minhas amigas da aula de girar bastão — disse Raymie.

— Ah, que fofo — falou a sra. Sylvester.

— Ai, minha nossa! — exclamou Louisiana. — Isso é bala de goma? — Ela apontou o pote na mesa da sra. Sylvester.

— Claro, é sim — respondeu a sra. Sylvester. — Você quer uma?

— Vou ficar deitada só um minuto — disse Louisiana — e, então, quando eu levantar, vou estar pronta para comer balas. — Louisiana lentamente passou de uma posição sentada para uma deitada.

— Ah, meu bem — falou a sra. Sylvester, juntando as mãos. — O que tem de errado com você?

— Ela vai ficar bem — disse Beverly. — É só essa coisa do gato. O Archie. Isso a deixou chateada. Além disso, ela tem os pulmões úmidos.

A sra. Sylvester levantou muito alto as sobrancelhas modeladas. O telefone tocou.

— Ah, meu bem — ela disse.

— Você devia atender logo esse telefone — falou Beverly.

A sra. Sylvester pareceu aliviada. Atendeu o telefone.

— Seguros Clarke — ela falou. — Como podemos protegê-lo?

O sol entrou brilhando pela janela de vidro. Nela estava escrito o nome do pai de Raymie — Jim Clarke —, e as letras faziam sombras no chão.

Raymie sentou ao lado de Louisiana no carpete desbotado pelo sol. Estava meio zonza. Não achava que ia desmaiar, porém sentia-se estranha, hesitante.

Beverly também se agachou. Disse a Louisiana:

— Levante. Você pode comer umas balas se levantar.

A sra. Sylvester ainda estava no telefone.

— O sr. Clarke não está disponível, mas com certeza eu posso cuidar disso para o senhor, sr. Lawrence. Porém, neste momento, está acontecendo uma situação aqui no escritório da Seguros Clarke. Será que podemos conversar amanhã? Maravilha, maravilha. Eu agradeço muito. Sim. Mmmmm-hmmmm. Obrigada por telefonar.

A sra. Sylvester desligou.

Raymie fechou os olhos e viu a única lâmpada do Prédio 10 balançando de um lado para o outro. Ela estava muito cansada. Tanta coisa tinha acontecido. Tanta coisa continuava acontecendo.

— Estou me sentindo melhor — disse Louisiana, sentando-se. — Agora posso comer umas balas?

— Claro! — exclamou a sra. Sylvester. Ela tirou a tampa do pote e o estendeu na direção de Louisiana. A menina ficou de pé. Enfiou a mão bem fundo no meio das balas de goma.

— Obrigada — ela disse para a sra. Sylvester. Então enfiou na boca todo aquele punhado de balas. Ficou mastigando um tempão. Sorriu para a sra. Sylvester. Engoliu.

— Você acha que tem balas no orfanato?

— Acho que você deve comer mais um pouco, querida — falou a sra. Sylvester. Ela estendeu o pote outra vez.

Raymie olhou em volta e viu que Beverly tinha aberto a porta do escritório do pai dela e estava parada, olhando para dentro.

Raymie levantou-se do chão, foi até Beverly e ficou parada do lado dela.

— Este é o escritório do meu pai — ela disse.

— Ahã — murmurou Beverly. — Eu percebi. — Ela estava olhando para a foto aérea do lago Clara, que ficava pendurada em cima da mesa de Jim Clarke.

— Dá para ver o fantasma da Clara Wingtip nessa foto — falou Raymie.

— Onde? — perguntou Beverly.

— Bem ali — mostrou Raymie. Ela entrou no escritório e apontou para o lado direito do lago, para o borrão escuro com o formato de uma pessoa perdida esperando, uma pessoa que se afogara por acidente, ou talvez de propósito.

O pai de Raymie tinha lhe mostrado o fantasma de Clara Wingtip quando ela tinha seis anos de idade.

Ele a colocara nos ombros para que ela ficasse perto da foto, e Raymie tinha acompanhado o contorno da sombra de Clara com a ponta do dedo. Por um bom tempo depois desse dia, ela teve medo de entrar no escritório dele, medo de que Clara estivesse ali esperando por ela e de que o fantasma a puxasse para dentro do lago, puxasse Raymie para debaixo d'água e a afogasse de algum jeito.

— Isso é só uma sombra — disse Beverly. — Não quer dizer nada. Tem sombras em todo lugar. Sombras não são fantasmas.

O telefone tocou de novo. A sra. Sylvester atendeu.

— Seguros Clarke. Como podemos protegê-lo?

— Ele te ligou? — perguntou Beverly.

— Quem? — perguntou Raymie.

— Seu pai — respondeu Beverly.

— Não — falou Raymie.

Beverly fez que sim lentamente com a cabeça.

— Certo — ela disse. Mas não falou de um jeito maldoso. Raymie estava parada perto de Beverly o suficiente para sentir seu cheiro, essa estranha combinação de doçura e sujeira. Estudou o machucado que já estava sarando no rosto dela.

— Quem bateu em você? — ela perguntou.

— Minha mãe — respondeu Beverly.

— Por quê?

— Eu roubei uma coisa numa loja.

— Por quê? — perguntou Raymie de novo.

— Porque sim — falou Beverly. Ela pôs as mãos nos bolsos do *shorts*. — Vou embora deste lugar. Vou morar sozinha. Vou cuidar de mim mesma.

Atrás delas, Louisiana estava contando para a sra. Sylvester que os pais dela tinham morrido.

— Eles se afogaram — disse Louisiana.

— Não — falou a sra. Sylvester.

— Sim — confirmou Louisiana.

— Eu não vou entrar no concurso de Pequena Rainha dos Pneus da Flórida Central — disse Raymie.

— Bom para você — falou Beverly, concordando com a cabeça. — Concursos são uma idiotice.

— Não me importo mais — falou Raymie.

— Claro — disse Beverly. — Eu provavelmente também não vou me dar ao trabalho de sabotar. Pelo menos não vou sabotar este concurso. — E então, em voz baixa, continuou. — Estou me sentindo muito mal com essa história do gato morto.

E nesse instante Raymie sentiu tudo — tudo mesmo — cair como um jorro em cima dela: a sra. Borkowski, o Archie, Alice Nebbley, o gigantesco pássaro marinho, Florence Nightingale, o sr. Staphopoulos, o alce tristonho de Ida Nee, o pai desaparecido, o fantasma de Clara Wingtip, o pássaro amarelo e a gaiola vazia, o boneco Edgar se afogando, a única lâmpada no Prédio 10.

Diga-me, por que o mundo existe?

Raymie respirou fundo. Ficou o mais ereta e alta que podia. Olhou para o fantasma de Clara Wingtip.

Que na verdade não estava realmente ali. Que era só uma sombra.

Provavelmente.

Trinta e seis

A sra. Sylvester segurou a porta aberta enquanto elas saíam.
— Obrigada pela visita — ela agradeceu.
— E obrigada pelas balas — acrescentou Louisiana. — Estavam deliciosas.

No caminho de volta para a casa de Ida Nee, Louisiana cantou *Raindrops keep fallin' on my head* duas vezes seguidas. Quando ela começou pela terceira vez, Beverly a mandou parar com aquilo.
— OK — concordou Louisiana. — É só que cantar me ajuda a pensar. Agora eu me decidi.
— Decidiu o quê? — perguntou Raymie.
— Decidi que eles estão escondendo o Archie de mim. Ele está atrás da porta fechada, naquele lugar. O

que nós precisamos fazer é entrar escondidas no Centro Muito Gentil para Animais e destrancar aquela porta. E então vamos encontrá-lo. Sei que vamos.

— O quê? — perguntou Beverly. — Você está doida? Não se lembra de nada do que acabou de acontecer? O gato já era. Não tem ninguém para a gente libertar.

— Vamos esperar até escurecer — falou Louisiana. — E então vamos entrar escondidas e resgatar o Archie!

— Não! — exclamou Beverly.

— Sim — falou Louisiana.

— O gato está morto — disse Beverly.

Louisiana soltou seu bastão e tapou os ouvidos com os dedos. Começou a cantarolar.

Raymie se agachou e recolheu o bastão.

— Não vou voltar naquele lugar — avisou Beverly.

Louisiana tirou os dedos dos ouvidos.

— Por que as Rancheiras existem se não podem realizar audaciosas façanhas?

— As Rancheiras não existem — falou Beverly. — Só estão na sua cabeça.

— Elas existem, sim — disse Louisiana —, porque nós existimos. Estamos aqui.

— Eu estou aqui — falou Raymie.

— Isso mesmo — disse Louisiana.

— E você está aqui — Raymie apontou para Louisiana. — E você está aqui. — Apontou para Beverly. — E estamos aqui juntas.

— Isso — concordou Louisiana.

— Dã — fez Beverly. — Dã que nós estamos todas aqui. Mas nada disso muda o fato de que o gato está morto.

A discussão continuou assim por mais um tempo. Beverly insistindo que o gato estava morto, Louisiana insistindo que elas iam resgatar o gato, mas terminou por completo quando elas chegaram perto da entrada da casa de Ida Nee e viram que a mãe de Beverly estava lá, a mãe de Raymie estava lá e a avó de Louisiana não estava lá.

E também tinha uma viatura de polícia na entrada.

— A polícia — falou Beverly.

— Oh, não! — exclamou Louisiana.

Ida Nee estava parada na frente da casa falando com um dos policiais. Tinha se equipado com um bastão novo que usava para apontar as coisas. Apontava a porta da garagem. Apontava a porta da cozinha.

— Não! — gritou Ida Nee. — Eu não perdi. Nunca perdi um bastão na vida. Ele foi roubado. A porta do meu escritório foi arrombada. A porta da frente da minha casa foi arrombada. Fui vítima de um furto.

Quando parecia que aquele dia não tinha como ficar ainda pior do que o Prédio 10, a única lâmpada, os gritos terríveis e a matança de gatos, Ida Nee foi lá e chamou a polícia porque Beverly Tapinski tinha pegado o bastão dela.

Elas iam ser todas levadas para a cadeia!

Raymie, Beverly e Louisiana estavam paradas juntas na borda do terreno de Ida Nee, bem ao lado do arbusto de azaleias.

Mais adiante, na entrada circular, a mãe de Beverly estava encostada em seu carro azul brilhante fumando um cigarro. A mãe de Raymie estava sentada dentro do carro da família Clarke, olhando fixo para a frente.

— Oh, não — disse Louisiana de novo.

— Não vamos entrar em pânico — falou Beverly.

— Não estou entrando em pânico — retrucou Louisiana.

— Acho que deixei o bastão imbecil dela no escritório do seu pai — disse Beverly.

— Oh, nããããoo! — exclamou Louisiana.

— Cale a boca — falou Beverly. — Eles não podem provar nada. Nós viemos para a aula de girar bastão e ela não estava aqui, por isso fomos embora. Essa é a nossa história. Só o que precisamos fazer é insistir nisso.

Raymie sentiu-se confusa, trêmula. Seu coração estava batendo muito rápido. Sua alma, é claro, tinha desaparecido.

Foi nesse momento que a avó de Louisiana estendeu a mão para fora do arbusto de azaleias e agarrou o tornozelo de Raymie.

Raymie deu um berro.

Louisiana deu um berro.

Beverly deu um gritinho.

Felizmente ninguém ouviu porque Ida Nee ainda estava apontando para as coisas e gritando que tinha sido vítima de um crime.

— Vovó — falou Louisiana —, o que você está fazendo aí embaixo?

— Não há nada a temer — sussurrou a avó de Louisiana do lugar onde estava agachada, dentro do arbusto de azaleias. Ela continuava segurando o tornozelo de Raymie. Ela o apertava com uma força surpreendente.

— Não tenham medo — falou a avó.

— OK — concordou Raymie.

— Eu pensei num plano. — Ela deu uma sacudidinha simpática no tornozelo de Raymie. — Ficará tudo bem.

Raymie olhou para a cabeça brilhante da avó de Louisiana, coberta de presilhas. Parecia que o cabelo dela estava pegando fogo.

— OK — disse Raymie.

Ela só estava feliz por alguém ter um plano.

Trinta e sete

Louisiana e Raymie estavam no banco de trás do automóvel da família Clarke.

Estavam fugindo sem deixar vestígios.

De acordo com a avó de Louisiana, as autoridades estavam num grande alvoroço, e seria uma boa ideia Louisiana ficar longe, muito longe da residência da família Elefante.

Por isso Louisiana ia passar a noite na casa de Raymie.

Esse era o plano da avó de Louisiana.

E, à meia-noite, Beverly Tapinski iria para a casa de Raymie, e elas três, as Três Rancheiras, entrariam escondidas no Prédio 10 e libertariam um gato morto.

Esse era o plano das Rancheiras.

Era um plano que tinha sido elaborado com pressa, depois que a avó de Louisiana saiu de cena.

Era exatamente o tipo de plano que a sra. Borkowski teria aprovado. Ela teria dado risada. Teria mostrado todos os dentes e então teria dito: "Puuffff, boa sorte para vocês".

— Isso não foi emocionante? — perguntou Louisiana dentro do carro, enquanto elas partiam da casa de Ida Nee. — Quem será que roubou o bastão da srta. Nee?

Ela deu uma cotovelada nas costelas de Raymie.

— Foi uma tempestade num copo d'água — falou a mãe de Raymie. — É isso que foi. Quem é que chama a polícia por causa de um bastão desaparecido?

— Estou empolgada de passar a noite na sua casa — comentou Louisiana. — Vai ter jantar, sra. Nightingale?

Houve uma pausa.

— Com quem você está falando? — perguntou a mãe de Raymie.

— Estou falando com você, sra. Nightingale.

— Meu nome é sra. Clarke.

— Ah! — exclamou Louisiana. — Eu não sabia. Achei que você tinha o mesmo sobrenome que a Raymie.

— Meu sobrenome é Clarke também — disse Raymie.

— É mesmo? — espantou-se Louisiana. — Achei que você fosse Raymie Nightingale. Que nem o livro.

— Não — disse Raymie. — Sou Raymie Clarke.

De onde a Louisiana tirava essas ideias tão estranhas? E como seria ser Raymie Nightingale? Como seria andar pelo caminho iluminado e carregar uma lamparina acima da cabeça?

— OK — falou Louisiana. — Enfim. Vai ter jantar, sra. Clarke?

— É claro que vai ter jantar.

— Ai, minha nossa! — exclamou Louisiana. — O que vai ser?

— Espaguete.

— Ou quem sabe bolo de carne? — perguntou Louisiana. — Eu amo bolo de carne.

— Acho que eu posso fazer bolo de carne — disse a mãe de Raymie, dando um suspiro.

Raymie olhou pela janela. Em algum lugar, o pai dela também estava indo jantar. Ela pensou nele sentado à mesa da lanchonete com Lee Ann Dickerson, segurando um cardápio e fumando um cigarro. Ela viu Lee Ann Dickerson inclinar-se para a frente e pôr a mão no braço do pai dela. Viu a fumaça do cigarro do pai dar voltas e subir até o teto, e de repente ela soube.

O pai dela não ia voltar.

Não ia voltar nunca mais.

— Uff — suspirou Raymie. Sua alma murchou. Parecia que ela tinha levado um soco no estômago.

— O que você disse? — perguntou Louisiana.

— Nada — respondeu Raymie.

— Depois do jantar a gente podia ler em voz alta o livro da Nightingale — propôs Louisiana. — A vovó sempre lê para mim à noite.

— Claro — falou Raymie.

No jantar, a mãe de Raymie ficou observando, espantada, Louisiana ingerir quatro pedaços inteiros de bolo de carne e todas as suas vagens. As três estavam sentadas à mesa da sala de jantar, embaixo do pequeno lustre.

— Nós também temos um lustre. Mas agora não podemos acender por causa do problema da eletricidade. É bom ter uma luz. Além disso, eu gosto desta mesa. É uma mesa muito grande — disse Louisiana.

— Sim — concordou a mãe de Raymie. — É mesmo.

— Caberia um monte de gente em volta desta mesa — falou Louisiana.

— Acho que sim — disse a mãe de Raymie.

Então todas ficaram em silêncio.

Raymie ouvia o relógio em formato de sol na cozinha, tiquetaqueando lenta, metodicamente.

— Sua mãe é uma ótima cozinheira — falou Louisiana depois que elas acabaram de jantar e estavam no quarto de Raymie com a porta fechada. — Mas ela não conversa muito, né?

— Não — respondeu Raymie. — Acho que não. — Ela olhou para a luz no teto. Havia uma mariposa voejando em volta da lâmpada, esperançosa.

— Seu pai te dava beijo de boa-noite quando morava aqui? — perguntou Louisiana.

— Às vezes — respondeu Raymie. Ela não queria mais pensar no pai. Não queria lembrar dele se debruçando e beijando a testa dela, ou pondo a mão no ombro dela. Não queria lembrar dele sorrindo para ela.

— A vovó sempre me dá beijo de boa-noite — comentou Louisiana. — E depois ela me dá beijos pelas pessoas ausentes. Isso quer dizer minha mãe, meu pai e meu avô. Eu ganho quatro beijos.

Louisiana deu um suspiro. Olhou pela janela.

— No orfanato não tem ninguém para te dar beijo de boa-noite. Pelo menos foi isso que eu ouvi falar. Você quer ler o livro sobre Florence Nightingale agora?

— OK — respondeu Raymie.

— Eu começo — disse Louisiana. Ela pegou o livro, abriu no meio e leu uma única frase. — Florence se sentia só.

Então ela fechou o livro, abriu de novo e leu uma linha na página três.

— Florence queria ajudar.

E então ela fechou o livro outra vez com força.

— Você não deveria começar pelo início? — perguntou Raymie.

— Por quê? — perguntou Louisiana de volta. — Assim é muito mais interessante. — Ela abriu o livro de novo. Leu uma linha — Florence ergueu a lamparina.

Fora da janela de Raymie, o mundo estava escuro.

— Quando você lê um livro deste jeito — falou Louisiana —, nunca sabe o que vai acontecer em seguida. Isso deixa você sempre alerta. É isso que diz a vovó. E é importante estar sempre alerta porque neste mundo nunca se sabe o que pode acontecer em seguida.

Trinta e oito

Raymie acordou. Os ponteiros do relógio de mesa brilhavam animados no escuro. Diziam que era 1:14 da manhã.

Já passava da meia-noite e Beverly Tapinski ainda não tinha aparecido.

Isso significava que elas não iriam sair escondidas de casa, entrar no Prédio 10 e roubar Archie. Que aliás nem estava lá.

Nada daquilo iria acontecer, afinal. Raymie estava decepcionada. E aliviada. As duas coisas ao mesmo tempo.

Ela ficou deitada na cama, olhando para o relógio. Ele tiquetaqueava com um ar satisfeito e vaidoso, como se tivesse conseguido resolver algum problema difícil.

Raymie saiu da cama. No brilho alaranjado da luz noturna, viu Louisiana dormindo no chão.

Estava aberto sobre a barriga de Louisiana *Um caminho iluminado: a vida de Florence Nightingale*. Suas mãos estavam cruzadas em cima do livro, e as pernas estendidas para a frente. Parecia que ela estava caída no campo de batalha que é a vida.

"Caídas no campo de batalha que é a vida" era uma coisa que Louisiana tinha dito quando elas estavam lendo o livro em voz alta.

— Florence Nightingale ajuda as pessoas caídas no campo de batalha que é a vida. Vem a elas com seu globo mágico...

— Acho que não é um globo mágico — disse Raymie. — É uma lamparina. É o que as pessoas usavam antes da eletricidade.

— Eu sei disso — falou Louisiana. Ela baixou o livro e encarou Raymie. Levantou o livro de novo. — Vem a elas com seu globo mágico e faz com que fiquem bem. As pessoas não se preocupam mais e não desejam coisas que já perderam.

Raymie sentiu o coração dar um baque dentro do peito.

— Onde está escrito isso? — ela perguntou.

— Está escrito no livro na minha cabeça — respondeu Louisiana, batendo com o dedo na cabeça. — E isso às vezes é melhor do que o próprio livro. E o que quero dizer com isso é que às vezes leio as palavras que eu quero que estejam ali, em vez das palavras que estão ali de verdade. Assim como faz a vovó. — Louisiana olhou para Raymie com uma cara muito séria. — Quer que eu continue?

— Quero — respondeu Raymie.

— Que bom — disse Louisiana. — Dentro do globo mágico que Florence Nightingale carrega, há desejos, esperanças e amor. E todas essas coisas são minúsculas e também muito brilhantes. E há milhares de desejos, esperanças e coisas de amor, e elas se mexem dentro do globo mágico, e é isso que Florence Nightingale usa para enxergar. É assim que ela vê os soldados que caíram no campo de batalha que é a vida.

— Mas um dia uma pessoa muito malvada tenta roubar o globo mágico de Florence Nightingale, e o nome dela é Marsha Jean. Florence tem que lutar! E uma das coisas que ela usa é sua capa, que durante a noite se transforma num gigantesco par de asas para Florence poder voar por cima dos campos de batalha com seu globo mágico, procurando os feridos.

— Mas se Marsha Jean conseguir roubar o globo mágico então Florence estará voando na escuridão e não enxergará nada, e então como ela vai ajudar as pessoas?

Louisiana roçou as páginas do livro.

– Quer que eu leia mais? – ela perguntou.

– Quero – respondeu Raymie.

Ela caiu no sono enquanto Louisiana lia em voz alta um livro que não existia e sonhou que a sra. Borkowski estava sentada na sua cadeira de jardim no meio da rua. E então de repente a sra. Borkowski não estava sentada na cadeira. Estava em pé, afastando-se de Raymie. Estava andando por uma longa estrada, carregando uma mala.

Raymie foi atrás dela.

– Sra. Borkowski! – ela chamou, no sonho.

A sra. Borkowski parou. Deitou a mala de lado e a abriu lentamente; então enfiou a mão na mala, tirou um gato preto e o colocou no chão.

– Para você – disse a sra. Borkowski.

– Archie! – exclamou Raymie. O gato se esfregou nas pernas dela e começou a ronronar.

– Sim, é o Archie – falou a sra. Borkowski, sorrindo. Então ela se curvou e procurou algo dentro da mala. – Tenho outra coisa para você – ela disse, levantando-se. Estava segurando um globo de luz.

– Uau! – exclamou Raymie.

– Segure – disse a sra. Borkowski. Ela entregou o globo para Raymie e então fechou a mala, recolheu-a do chão e foi embora.

— Espere — falou Raymie.

Mas a sra. Borkowski já estava muito longe.

Raymie segurou o globo mágico o mais alto que pôde. Ficou olhando para a sra. Borkowski até ela desaparecer.

— Miau? — falou Archie.

Raymie olhou para o gato aos seus pés. Pensou: *Louisiana vai ficar tão feliz. Ela tinha razão. O Archie não está morto.*

Esse foi o sonho.

Raymie se lembrou do sonho enquanto estava ali de pé, contemplando Louisiana, que dormia. Dava para ouvir seus pulmões chiando: ela parecia muito pequena.

De repente, sem nenhum aviso, Louisiana abriu os olhos e se sentou. Florence Nightingale caiu no chão.

— Vou fazer isso agora mesmo, vovó. Eu prometo — disse Louisiana.

— Louisiana! — chamou Raymie.

Louisiana piscou.

— Oi?

— Oi — falou Raymie. — A Beverly não apareceu.

— Nós temos que ir assim mesmo — disse Louisiana, piscando outra vez. Ela olhou o quarto em volta. — Temos que resgatá-lo.

— Não podemos fazer isso sem a Beverly — falou Raymie. — Não sabemos arrombar fechaduras.

Todas as presilhas de coelhinho de Louisiana tinham migrado para um único lugar na cabeça dela, formando uma enorme maçaroca. Havia algo de triste naquela maçaroca de presilhas de coelhinho.

— Vamos ter que tentar — disse Louisiana.

De repente surgiu um clarão lá fora. Raymie teve o pensamento ridículo de que Florence Nightingale tinha chegado, carregando seu grande globo mágico.

Mas não era Florence.

Era Beverly Tapinski.

Ela estava parada em frente à janela. Segurava uma lanterna embaixo do queixo, o que fazia seu rosto parecer uma abóbora iluminada de Halloween.

Estava sorrindo.

Trinta e nove

— Onde você estava? — perguntou Raymie.

— Digamos que eu tinha umas coisas para resolver — falou Beverly.

— Que coisas? — perguntou Louisiana.

— Precisei fazer uma sabotagenzinha.

— Oh, não! — exclamou Raymie.

— Não é nada de mais — falou Beverly. — Só joguei uns troféus no lago.

— Que troféus?

— Troféus de girar bastão.

— Você jogou os troféus da Ida Nee no lago? — perguntou Louisiana.

— Nem todos eram dela — disse Beverly.

— Mas como você foi capaz de fazer isso? — gemeu Louisiana. — Isso é o fim de tudo. A Ida Nee vai chamar a polícia de novo. E nós nunca mais vamos poder voltar. Nunca vou aprender a girar bastão.

— Escute — falou Beverly —, você não precisa aprender a girar bastão. Só precisa cantar. Isso vai fazer com que você ganhe qualquer concurso.

Assim que Beverly disse essas palavras, Raymie soube que era verdade. Louisiana cantando ganharia qualquer concurso. E Raymie *queria* que Louisiana ganhasse. Queria que ela fosse a Pequena Rainha dos Pneus da Flórida Central.

Raymie parou onde estava. Ficou totalmente imóvel.

— Por que você parou? — perguntou Louisiana.

— Ande — disse Beverly. — Vamos logo.

Raymie voltou a andar.

As três estavam na rua, juntas no escuro, mas enxergavam com uma facilidade surpreendente. Havia a lanterna de Beverly, é claro. E havia os postes de luz e as varandas acesas. Uma meia-lua estava suspensa no céu, e a calçada diante delas tinha um brilho prateado.

Um cachorro latiu.

De repente, o Golden Glen ergueu-se na escuridão, como um navio que tivesse encalhado na terra.

— Esse asilo idiota — resmungou Beverly. — Odeio esse lugar.

— Ouçam — disse Louisiana, colocando a mão no braço de Raymie. — Shhhh.

Raymie parou. Beverly continuou andando.

— Estão ouvindo?

Raymie ouviu alguma coisa roçando nos arbustos, ouviu o zumbido da eletricidade nos postes de luz, ouviu as asas de algum inseto. Um cachorro, o mesmo, ou talvez outro, latiu e depois latiu de novo. E, por trás de todos esses ruídos, Raymie escutou um vago som de música.

— Alguém está tocando piano — falou Louisiana.

— Uh-lá-lá, e daí? — perguntou Beverly mais à frente.

Era uma música muito bonita e triste, e foi assim que Raymie soube que provavelmente era Chopin e provavelmente era o zelador tocando. Parecia fazer um tempão desde o dia em que ela tentara fazer uma boa ação para Isabelle e, em vez disso, acabara escrevendo uma carta de reclamação. Era quase como se ela fosse outra pessoa naquele dia.

Raymie olhou para o Golden Glen. Havia uma luz acesa na sala de convivência.

— Vamos! — apressou Beverly. — Estamos perdendo tempo.

— Essa música não é lindíssima? — perguntou Louisiana.

Raymie ficou totalmente imóvel. A luz da sala de convivência iluminava o topo das árvores. Ela viu alguma coisa num tom vivo de amarelo nos galhos. Seu coração deu um baque forte. Ela pôs a mão no ombro de Louisiana.

— Olhe — ela disse.

— O quê? — perguntou Louisiana. — Onde?

— Ilumine lá em cima com a lanterna — Raymie disse a Beverly. Raymie apontou o lugar, Beverly mirou a luz no topo das árvores, e lá estava o pássaro amarelo. Parecia a resposta para tudo, sentado ali num galho. Era minúsculo, perfeito e tinha asas. Inclinou a cabeça olhando para elas.

— Oh! — exclamou Louisiana. — É o passarinho que eu salvei. É ele. Olá, sr. Passarinho.

Beverly deixou a lanterna apontada para o pássaro amarelo. A música do piano cessou, e o pássaro soltou um longo trinado melódico.

Então elas ouviram o rangido de uma janela se abrindo. O zelador se levantou e olhou para a rua escura. Raymie viu o rosto dele. Era um rosto muito triste. Ele estava procurando alguma coisa.

Beverly desligou a lanterna.

— Deitem no chão! — ela disse.

As três se deitaram de bruços. A calçada ainda estava quente do sol daquele dia. Raymie encostou o rosto no chão e esperou. Ouviu os pulmões de Louisiana chiando. E então o zelador assobiou.

O pássaro parou de cantar.

O zelador assobiou de novo.

O pássaro assobiou de volta.

O zelador deu um assobio mais complicado, e o pássaro respondeu com uma canção própria.

— Oh! — exclamou Louisiana.

E ninguém mais disse nada. Até Beverly ficou escutando em silêncio, enquanto o zelador e o passarinho amarelo cantavam um para o outro.

Raymie olhou para a lua lá em cima. Parecia estar ficando maior, mas ela sabia que isso não podia ser verdade. Mesmo assim, o semicírculo estava começando a parecer saído de um sonho, como alguma coisa que a sra. Borkowski teria tirado da mala. E o pássaro amarelo cantante também parecia uma coisa que estava escondida na mala de sonhos da sra. Borkowski.

De repente, Raymie estava feliz. Era a coisa mais estranha do mundo como a felicidade vinha do nada e inflava sua alma.

Ela se perguntou se o pai estaria dormindo, onde quer que estivesse.

Ela se perguntou se ele estaria sonhando com ela, sem nem ter tido a intenção real de pensar nisso.

— 195

Ela esperava que sim.

O assobio parou.

— Eu sei que você está aí — o zelador disse.

Alguma coisa roçou nas árvores. O pássaro levantou voo depressa na escuridão e partiu para longe.

— Agora — sussurrou Beverly.

As três meninas se levantaram do chão e correram o mais rápido que podiam.

Correram até se afastarem bastante do Golden Glen.

Quando elas pararam, Louisiana se jogou no chão. Sentou na grama com as mãos nos joelhos e a cabeça curvada para a frente, tentando tomar fôlego em grandes goles.

— Respire, respire — disse Beverly.

Louisiana olhou para as duas.

— Eu amo. Esse passarinho. Amarelo.

— Eu amo ele também — falou Raymie.

Louisiana sorriu para ela.

Beverly pôs a lanterna embaixo do queixo e disse numa voz grave:

— Todas amamos o passarinho — e sorriu.

O mundo estava escuro. A lua ainda estava alta no céu.

Raymie foi banhada de felicidade outra vez.

Quarenta

— O Archie nem sempre faz o que você quer que ele faça — falou Louisiana. — Na maior parte das vezes, aliás, ele não faz o que você quer que ele faça.

— Do que você está falando? — perguntou Beverly.

Elas estavam em frente ao mercadinho Pague e Leve. Um carrinho de compras tinha rolado pelo morro abaixo e estava parado perto de uma árvore. O carrinho prateado brilhava alegremente, refletindo as luzes do estacionamento do Pague e Leve.

— Estou dizendo que este carrinho de compras vai ser perfeito para nós usarmos no resgate do Archie. Podemos colocá-lo aqui dentro e empurrar, e assim fazê-lo ir aonde quisermos.

— Não — disse Beverly.

— Sim — falou Louisiana.

— A gente não pode sair andando no meio da noite com um carrinho de compras. Vai fazer muito barulho. Além disso, vai parecer idiota.

— Acho que nós vamos precisar — Louisiana falou, virando-se para Raymie. — O que você acha?

— Acho que tudo bem — disse Raymie. — Não tem ninguém aqui, de qualquer modo.

— Ótimo — falou Louisiana. — Isso significa que vamos levar o carrinho. — Ela puxou o carrinho para longe da árvore e começou a empurrá-lo pela calçada.

O carrinho de compras tinha uma roda bamba que fazia um barulho gago. Era como se o carrinho estivesse desesperado para dizer alguma coisa, mas não conseguisse pronunciar as palavras.

— Vamos, vocês duas — disse Louisiana, olhando de volta para elas. — Vamos resgatar o Archie. — E então ela virou de novo e começou a cantar uma música que falava sobre *trailers* para vender ou alugar.

— É como se ela achasse que estamos em algum tipo de desfile capenga — Beverly disse para Raymie.

Elas foram atravessando aquela estranha escuridão atrás de Louisiana, que cantava, e do carrinho gago. As coisas eram visíveis, mas tudo parecia irreal. Era quase como se a gravidade tivesse menos efeito no escuro.

Os objetos pareciam flutuar. Raymie sentiu-se mais leve. Tentou flexionar os dedos dos pés. Também pareciam mais leves.

— Estão vendo aquilo ali? — perguntou Beverly, apontando para a torre Belknap. Havia uma luz vermelha piscando bem no topo. — É lá que minha mãe trabalha. Ela fica sentada num banquinho do lado do caixa, vendendo miniaturas da torre Belknap, perfume de flor de laranja, esse tipo de coisa cafona. Na loja de presentes tem uma máquina onde você pode colocar uma moeda de um centavo. A máquina estica a moeda e grava um desenho da torre. É uma máquina muito barulhenta. Minha mãe odeia. Mas, enfim, ela odeia tudo.

— Ah! — exclamou Raymie.

— Pois é — disse Beverly.

À frente delas, Louisiana ainda empurrava o carrinho do Pague e Leve. Estava cantando sobre ser o rei da estrada.

— Você já subiu até o topo da torre? — perguntou Raymie.

— Um monte de vezes — respondeu Beverly.

— E como é?

— É legal. Dá para enxergar lá longe. Quando eu era bem pequena, eu costumava subir ali achando que ia ver Nova York, sabe? Porque eu era só uma garotinha e não entendia direito. Eu subia ali e ficava olhando, na esperança de ver o meu pai. Que burrice.

Raymie ficou imaginando o que poderia ter visto do topo da torre se estivesse lá em cima na hora certa. Ela teria visto o sr. Staphopoulos e Edgar a caminho da Carolina do Norte? Teria visto o pai dela ir embora de carro com Lee Ann Dickerson?

— Você pode subir lá comigo algum dia — falou Beverly. — Se quiser.

— OK — concordou Raymie.

Louisiana parou de cantar. Virou-se para elas.

— Chegamos — ela disse.

E lá estava: o Prédio 10.

Raymie não ficou nem um pouco feliz de ver aquilo.

Quarenta e um

Se já era um lugar terrível à luz do dia, o Centro Muito Gentil para Animais tinha um aspecto ainda pior no escuro. O prédio parecia tristonho, e também levemente culpado, como se tivesse feito alguma coisa terrível e se agachado no chão esperando que ninguém fosse perceber.

—Aposto que eles nem se dão ao trabalho de trancar a porta aqui — disse Beverly. — Quem ia querer entrar neste lugar, afinal?

— Nós — falou Louisiana. — As Três Rancheiras. Vamos logo. O Archie está lá dentro. Está esperando por nós.

Beverly bufou. Mas tirou o canivete do bolso e andou até a porta.

— Isso não vai demorar nem um minuto — ela disse.

E não demorou.

Ela enfiou a ponta do canivete na fresta da porta, mexeu um pouquinho e, um segundo depois, a porta do Prédio 10 estava escancarada. A escuridão parecia brotar daquela porta como uma nuvem. Já era escuro no Prédio 10 à luz do dia. Quão escuro seria à noite? Não havia nem a luz daquela única lâmpada balançando.

— Não consigo — falou Raymie.

— Como assim? — perguntou Louisiana.

— Vou esperar aqui fora — disse Raymie.

Beverly iluminou a cavidade com sua lanterna.

— Ilumine aquela porta — pediu Louisiana. — Eu sei que ele está atrás daquela porta.

— Ahã! — exclamou Beverly. — Você já disse isso. — Ela se virou para Raymie. — Pode esperar aqui. Tudo bem.

— Não — disse Louisiana. — Todas nós. Todas as Rancheiras. Senão nós nem vamos.

— OK — falou Raymie, pois tinha de ir aonde elas fossem. Tinha de protegê-las se pudesse. Elas tinham de proteger Raymie.

As três entraram no Prédio 10.

O facho da lanterna de Beverly vacilou no escuro e então fixou-se num ponto. Dali de dentro saía um cheiro terrível. Amônia. Alguma coisa podre. Beverly iluminou a outra porta com a lanterna.

E então começou aquele uivo medonho.

Alguém estava morrendo! Alguém tinha perdido todas as esperanças! Alguém estava sentindo um desespero enorme que não podia expressar com palavras!

— Segure minha mão — sussurrou Raymie.

Quarenta e dois

Louisiana agarrou a mão de Raymie.
Raymie agarrou a mão de Beverly.
A luz da lanterna dançou descontrolada pela sala. Brilhou no teto, na mesa de metal, nos arquivos. Iluminou por um instante aquela única lâmpada, e Raymie, ridiculamente, sentiu raiva da lâmpada.
Essa lâmpada não podia nem tentar?
— Ai, minha nossa, oh, não, não — disse Louisiana. Seus pulmões chiavam. Ela respirou fundo, tomando um grande gole de ar rouco, e então gritou:
— Archie, cheguei!
Os uivos continuaram.
— Você consegue? — perguntou Louisiana. Seus dentes estavam batendo. — Consegue destrancar a outra porta?

— Claro — falou Beverly. Elas avançaram juntas, segurando-se umas nas outras, em direção à porta. —Você vai ter que soltar a minha mão — Beverly disse a Raymie. — Preciso dela para abrir a fechadura.

— OK — respondeu Raymie, ainda segurando com força a mão de Beverly.

— Olhe — falou Beverly —, por que você não segura a lanterna?

Raymie soltou a mão de Beverly e pegou a lanterna.

— Ilumine a maçaneta, OK? — pediu Beverly.

Raymie iluminou a porta com a lanterna, enquanto Louisiana estendia a mão e virava a maçaneta.

A porta não estava trancada. Abriu-se lentamente. O som dos uivos ficou mais alto.

— Archie? — disse Louisiana.

Beverly respirou fundo.

— Me dá a lanterna — ela disse, pegando a lanterna da mão de Raymie e iluminando em volta. Era uma sala cheia de gaiolas. Havia gaiolas pequenas e gaiolas grandes. As pequenas estavam empilhadas umas em cima das outras, e as grandes pareciam prisões humanas, e todas as gaiolas estavam vazias. Não havia gato em lugar nenhum.

Era uma sala terrível.

Raymie preferiria nunca ter visto aquilo, porque agora nunca mais esqueceria.

— Archie! — gritou Louisiana.

Beverly avançou mais para dentro da sala.

— Elas estão vazias — falou Raymie. — Não tem ninguém aqui.

— Então quem está uivando? — perguntou Beverly.

— Ai, Archie — sussurrou Louisiana. — Eu sinto muito.

Beverly andou pela sala, apontando a lanterna para todos os lados.

E então ela disse:

— Vem cá. Vem cá.

Quarenta e três

Não era o Archie.

Não era nem um gato.

Era um cachorro. Ou talvez tivesse sido um cachorro em algum momento. Tinha orelhas tão compridas que encostavam no chão. O corpo era pequeno e estava esticado. Um dos olhos estava fechado e inchado, coberto por uma crosta.

— Oh! — exclamou Louisiana. — É algum tipo de coelho.

— É um cachorro — falou Beverly.

O animal abanou o rabo.

Beverly enfiou a mão pela grade de arame. Fez carinho na cabeça do cachorro.

— Tudo bem — tranquilizou Beverly. — Está tudo bem. — O cachorro abanou o rabo mais um pouquinho. Mas quando Beverly tirou a mão ele parou de abanar o rabo e começou a uivar.

Os pelos nas pernas de Raymie ficaram em pé. Os dedos dos pés flexionaram-se sem que ela nem pretendesse mexê-los.

— Certo — falou Beverly. — OK. — Ela levantou o trinco da gaiola e abriu a porta. O cachorro parou de uivar. Andou na direção delas, abanando o rabo. Olhou para as três com seu olho bom e abanou o rabo por mais um instante.

Louisiana ajoelhou-se. Envolveu o cachorro nos braços.

— Vou chamá-lo de Coelhinho — ela disse.

— Esse é o nome mais idiota que eu já ouvi — falou Beverly.

— Vamos sair daqui logo — disse Raymie.

Louisiana pegou o cachorro. Beverly iluminou à frente delas com a lanterna, e as meninas saíram da escuridão terrível do Prédio 10 para a escuridão normal da noite lá fora.

A lua ainda estava alta no céu, ou pelo menos metade dela. Não parecia possível para Raymie que a lua ainda estivesse brilhando depois de tudo o que tinha acontecido. Mas lá estava ela — brilhante e muito distante.

Raymie sentou na sarjeta. Louisiana sentou do lado dela. O cachorro tinha um cheiro horrível. Raymie estendeu a mão e encostou no alto da cabeça dele. Havia vários calombos.

— O Archie não está morto — falou Louisiana.

— Você pode ficar quieta, por favor? — disse Beverly.

— Ele não está morto. Mas está desaparecido, e não sei como achá-lo.

— Tá bom — falou Beverly. — Ele está desaparecido. Agora, o que a gente precisa fazer é ir embora daqui.

— Acho que eu não consigo mais andar — disse Louisiana. — Estou triste demais para andar.

— Então entre no carrinho — falou Beverly. — A gente empurra você.

— Mas e o Coelhinho? — perguntou Louisiana.

— A gente empurra ele também. Dã.

Louisiana ficou em pé.

— Dá aqui — disse Raymie. — Me dá o cachorro.

Louisiana entregou Coelhinho para Raymie, e Beverly levantou Louisiana e a colocou dentro do carrinho.

— Não é muito confortável aqui dentro — falou Louisiana.

— Quem disse que ia ser confortável? — perguntou Beverly.

— Ninguém — respondeu Louisiana. — Estou supertriste. Me sinto toda oca por dentro.

— Eu sei — disse Raymie, entregando Coelhinho para Louisiana, que envolveu o cachorro nos braços.

— Onde será que está o Archie? — perguntou Louisiana. — E o que vai ser de nós? Vocês não se perguntam o que vai ser de nós?

Ninguém respondeu.

Quarenta e quatro

Beverly empurrava o carrinho, e Raymie andava ao lado dela.

— Queria que a gente pudesse subir no topo da torre Belknap agora — disse Raymie.

— Por quê? — perguntou Beverly.

— Só para ver se, sei lá, se dá para ver coisas.

— Está escuro — disse Beverly. — Você não ia enxergar muito. Além disso, está tudo trancado. E precisa de uma chave para usar o elevador.

— Você poderia dar um jeito — disse Raymie. — Poderia arrombar a porta, entrar lá dentro e encontrar a chave.

— Eu poderia entrar em qualquer lugar — falou Beverly. — E daí? Não tem nenhum motivo para a gente subir lá.

— Subir onde? — perguntou Louisiana.

— No topo da torre Belknap — disse Raymie.

—Aaaah! — exclamou Louisiana. — Eu tenho medo de altura. — Ela ficou de pé dentro do carrinho e virou-se para elas. — Eu teria sido uma decepção para os meus pais. Não teria sido uma Elefante Voadora muito boa.

— Ahã — falou Beverly —, você já disse isso. Sente aí, senão você vai cair.

Louisiana sentou e pegou Coelhinho nos braços outra vez.

A roda bamba do carrinho de compras gaguejava e empacava enquanto elas começavam a subir a encosta do morro. Raymie e Beverly empurravam juntas. Dentro do carrinho, Louisiana estava em silêncio.

Elas estavam quase no topo do morro. Raymie sabia o que havia lá embaixo. Era o hospital Mabel Swip Memorial e, do lado dele, a lagoa Swip, onde a sra. Sylvester ia dar comida para os cisnes.

A lagoa Swip não era uma lagoa de verdade. Ou pelo menos não tinha começado como lagoa. Começara como uma cratera. Mas agora se chamava lagoa Swip porque Mabel Swip, que era dona do terreno, tinha enchido a cratera de água e doado à cidade, e comprado uns cisnes e uns postes de luz para instalar em volta do lugar e fazer parecer elegante.

Dali do topo do morro, a lagoa parecia um único olho escuro, olhando para Raymie. Os postes de luz, que eram cinco, formavam uma solene constelação de luas em volta da água. Não havia nenhum cisne à vista.

De repente, Raymie sentiu uma solidão horrível, terrível. Queria poder achar um telefone público e ligar para a sra. Sylvester, ouvi-la dizer: "Seguros Clarke. Como podemos protegê-lo?".

Mas, mesmo que ela achasse um telefone, a sra. Sylvester não estaria lá. Era de madrugada. A Seguros Clarke estava fechada.

Raymie tentou flexionar os dedos dos pés.

Louisiana se levantou outra vez. Estava segurando Coelhinho bem junto do peito e olhando para a frente.

— Empurrem mais rápido — ela disse.

— Você está brincando? — perguntou Beverly. — Quem você acha que é? Uma rainha? Estamos empurrando com toda a força que temos. Este carrinho de compras é uma porcaria. As rodas nem parecem rodas. Parecem quadrados ou algo assim.

Raymie e Beverly empurraram juntas.

Deram um grande empurrão.

E de algum modo — como isso aconteceu? Raymie não sabia — o carrinho escapou das mãos delas.

Não foram elas que soltaram. De jeito nenhum. Foi mais como se o morro tivesse tomado o carrinho delas. Num minuto elas estavam empurrando. No minuto seguinte, o carrinho de compras do Pague e Leve tinha escorregado dos dedos delas e rolava morro abaixo.

Louisiana, com Coelhinho nos braços, virou-se para trás e olhou para Beverly e para Raymie.

— Ai, minha nossa! — ela exclamou. — Tchau!

E então lá se foi o carrinho, com Louisiana e Coelhinho dentro, chacoalhando morro abaixo numa velocidade impossível, indo direto para a lagoa que antes era uma cratera.

— Não — disse Beverly. — Não.

Elas começaram a correr. Mas agora o carrinho não estava mais gaguejando nem empacando. Ele estava pronto para se mexer. Mesmo com a roda bamba, corria mais rápido que elas. Estava decidido.

Lá de longe, veio o som da voz de Louisiana, só que não parecia a voz dela. Era uma voz macabra, resignada, a voz de um fantasma. E o que a voz do fantasma disse foi:

— Mas eu não sei nadar.

Coelhinho começou a uivar com seu terrível uivo de fim do mundo.

Raymie correu mais rápido. Sentia o coração e a alma. O coração estava batendo, e a alma estava bem ao lado do coração. Não, não era isso. Era mais como se a alma fosse o corpo inteiro. Ela não era nada além de alma.

E então, de algum lugar na escuridão, Raymie ouviu a voz da sra. Borkowski. E o que a sra. Borkowski disse foi:

— Corra, corra, corra.

Quarenta e cinco

Raymie correu.

Beverly correu na frente dela.

Raymie viu o carrinho de compras. Viu as presilhas de coelhinho no cabelo de Louisiana. Estavam brilhando, piscando para ela. Viu as estranhas orelhas compridas de Coelhinho, tremulando atrás dele. Pareciam asas.

E ela viu um cisne parado na beira da lagoa. Estava olhando para aquela coisa que vinha rolando na direção dele, e não parecia contente. A sra. Sylvester sempre dizia que os cisnes eram criaturas muitíssimo temperamentais.

— Nãããããão! — gritou Louisiana.

Raymie viu o carrinho do Pague e Leve levantar voo como se estivesse tentando partir para outro planeta, e então ele caiu dentro da lagoa Swip, fazendo um *splash* até que bem pequeno.

O cisne abriu totalmente as asas. Soltou um barulho que parecia uma queixa, ou talvez um aviso.

Beverly agora estava na beira da lagoa. Raymie, ainda correndo, estava atrás dela. E foi então que Raymie ouviu a voz da sra. Borkowski pela última vez na vida.

– Diga-me, por que o mundo existe? – ela perguntou.

Não disse "Puufff".

A sra. Borkowski falou:

– Você. Agora. Isto você consegue fazer.

Raymie continuou correndo. Passou correndo por Beverly, que estava parada olhando; tomou bastante fôlego e mergulhou na lagoa. A água fechou-se acima da cabeça dela, e ela desceu o máximo que pôde na escuridão.

Ela flexionou os dedos dos pés como o sr. Staphopoulos havia ensinado.

Abriu os olhos.

Estendeu as mãos e repartiu a água escura.

Quarenta e seis

Coelhinho, na verdade, sabia nadar. O cachorro passou por Raymie, remando com as patas, assim que ela subiu à tona para respirar. As orelhas de Coelhinho boiavam dos dois lados da sua cabeça caolha. Ele parecia um monstro marinho — alguma criatura mitológica, metade peixe, metade cachorro.

Raymie tomou fôlego e mergulhou outra vez. Viu o carrinho de compras do Pague e Leve. Estava virado de lado, naufragando devagar em direção ao fundo. Ela estendeu a mão para agarrá-lo. O carrinho estava frio, pesado e vazio.

Raymie soltou o carrinho. Voltou para a superfície e tomou fôlego outra vez. Viu Beverly puxando Coelhinho para fora da água. O cisne estava parado do lado de Beverly. Ele esticava o pescoço e depois baixava, esticava e baixava, como se estivesse tomando coragem para anunciar alguma coisa.

— Cadê ela? — perguntou Beverly.

Raymie não respondeu. Mergulhou de novo. Abriu os olhos no escuro e viu outra vez o brilho do carrinho de compras. E então viu o brilho de uma presilha de coelhinho, uma presilha que estava presa na cabeça de Louisiana Elefante.

Raymie nadou na direção de Louisiana e a puxou para os seus braços.

Raymie já tinha salvado Edgar, o boneco que se afogava, um montão de vezes. Ela era boa nisso. O sr. Staphopoulos tinha dito que ela era boa nisso.

Mas Louisiana era diferente de Edgar, parecia ao mesmo tempo mais pesada e mais leve.

Raymie abraçou Louisiana com força. Bateu os pés e nadou em direção à superfície, e o que Raymie pensou enquanto elas subiam juntas foi que a coisa mais fácil do mundo era salvar alguém. Pela primeira vez, ela entendeu Florence Nightingale, sua lamparina e o caminho iluminado. Entendeu por que Edward Option tinha dado o livro para ela.

Por apenas um minuto, ela entendeu tudo no mundo inteiro.

Desejou poder estar ali quando Clara Wingtip tinha se afogado. Ela a teria salvado também.
Ela era Raymie Nightingale, pronta para o resgate.

Quarenta e sete

Louisiana não estava respirando.

E Beverly estava chorando, o que era quase tão assustador quanto Louisiana não respirar.

E o cisne ainda estava esticando a cabeça como se quisesse destacá-la do pescoço. Estava inclinado para a frente, olhando para elas e chiando.

Coelhinho estava farejando a cabeça de Louisiana, cheirando as presilhas e soltando uns gemidos fracos.

Louisiana estava estendida na grama ao lado da lagoa, que na verdade era uma cratera. As luzes amarelas estavam em volta delas, olhando para elas, esperando.

Raymie virou Louisiana de bruços. Virou a cabeça dela para o lado. Bateu nas costas dela com os punhos. O sr. Staphopoulos lhe ensinara como salvar uma pessoa que se afogava, e ela fez tudo o que ele tinha ensinado. Ela lembrava de tudo. Lembrava de tudo na ordem certa.

— O que você está fazendo? O que você está fazendo? — gritava Beverly.

Coelhinho gemia. O cisne chiava. As luzes amarelas brilhavam.

— O que você está *fazendo*? — perguntou Beverly, ainda chorando.

Raymie bateu com força nas costas de Louisiana. Uma enxurrada de água e também umas algas da lagoa saíram pela boca de Louisiana num grande jorro. Então saiu mais água e mais água e mais água, e outra alga. E então veio a voz aguda e esperançosa de Louisiana, dizendo:

— Ai, minha nossa.

A alma de Raymie estava enorme dentro dela. Ela sentiu um tremendo amor por Louisiana Elefante, por Beverly Tapinski, pelo cisne que chiava, pelo cachorro que gemia e por aquela lagoa escura e as luzes amarelas. Acima de tudo, sentiu amor pelo sr. Staphopoulos, com seus pés e suas costas peludos, que tinha ido embora, que tinha se mudado para a Carolina do Norte com Edgar, o boneco que se afogava. O sr. Staphopoulos, que colocara a mão na cabeça dela e dissera adeus.

O sr. Staphopoulos, que ensinara Raymie a fazer exatamente isso — salvar Louisiana Elefante — antes de ir embora.

— O hospital — disse Beverly.

Elas levantaram Louisiana juntas e começaram a andar. Tinham ficado boas na tarefa de carregá-la.

Subiram o morro, com Coelhinho atrás delas. O cisne ficou.

— Eu não sei nadar — disse Louisiana.

— Ahã — falou Beverly. — A gente sabe.

Beverly. Que ainda estava chorando.

Quarenta e oito

Havia uma enfermeira parada em frente à porta do hospital. Estava fumando um cigarro. Seu cotovelo esquerdo apoiava-se na mão direita, enquanto ela segurava o cigarro e olhava para aquelas quatro criaturas que subiam o morro.

— Ai, meu Senhor — disse a enfermeira. Lentamente, ela baixou o cigarro. Estava usando um crachá que dizia MARCELLINE.

— Ela se afogou — disse Beverly.

— Ela não se afogou — falou Raymie. — Quase se afogou. Ela engoliu água.

— Eu tenho pulmões úmidos — disse Louisiana. — Não sei nadar.

— Venha cá, querida — falou Marcelline. Ela soltou o cigarro, tomou Louisiana dos braços das duas amigas e a carregou pela porta automática.

Beverly sentou na sarjeta. Pegou Coelhinho nos braços e enterrou o rosto no pescoço dele.

— Vá você — ela disse. — Vou ficar aqui sentada um tempinho.

— OK — disse Raymie. Ela passou pela porta, andou até a enfermeira no balcão de atendimento e perguntou se podia usar o telefone para ligar para a mãe. Essa enfermeira tinha um crachá dizendo RUTHIE. Raymie pensou em como os crachás eram uma coisa legal. Queria que todas as pessoas do mundo usassem crachás.

— Olhe só você! — exclamou Ruthie. — Está ensopada.

— Eu estava na lagoa — disse Raymie.

— São 5 da manhã — falou Ruthie. — O que você estava fazendo numa lagoa às 5 da manhã?

— É complicado — disse Raymie. — Tem a ver com um gato chamado Archie, que foi levado para o Centro Muito Gentil para Animais e...

— E o quê? — perguntou Ruthie.

Raymie tentou pensar num jeito de se explicar. Percebeu que nem sabia por onde começar. De repente, ela estava com frio. Começou a tremer.

— Você já ouviu falar no concurso de Pequena Rainha dos Pneus da Flórida Central?

— Concurso de quê? — perguntou Ruthie.

Raymie estava batendo os dentes. Os joelhos também batiam um no outro. Ela estava com muito frio.

— Eu... — ela começou de novo. E então, de repente, ela soube exatamente o que precisava dizer a Ruthie. — Meu pai fugiu de casa. Fugiu com uma higienista dental chamada Lee Ann Dickerson e não vai mais voltar.

— Que canalha — falou Ruthie. Ela ficou em pé e saiu de trás do balcão. Tirou a blusa, que era azul como a que Martha vestia no Golden Glen, e envolveu os ombros de Raymie com ela.

A blusa azul tinha cheiro de rosas, e alguma coisa ainda mais intensa e mais doce do que rosas. Era tão quente.

Raymie começou a chorar.

— Shhh-shhh — fez Ruthie. — Fale o telefone da sua mamãe, que eu vou ligar para ela.

— OK, sim, bom dia — falou Ruthie quando a mãe de Raymie atendeu o telefone. — Está tudo bem. Estou com a sua filhinha aqui no hospital. Não há nada para se preocupar, tirando o fato de que ela está ensopada porque estava nadando numa lagoa. Além disso, ela me contou que o pai dela fugiu com uma mulher chamada Lee Ann. – Ruthie ficou ouvindo. – Mmmmm-hhhhmmm – ela disse depois de um minuto. Ouviu mais um pouco.

– Ahã – falou Ruthie. – Tem gente que é canalha mesmo. Não tem outra palavra para isso.

Pelas portas de vidro, Raymie viu Beverly lá fora, sentada na sarjeta. Estava abraçando Coelhinho. Havia leveza no céu acima da cabeça delas.

O sol ia nascer.

– Não precisa me explicar – disse Ruthie, ainda no telefone com a mãe de Raymie. – Eu entendo tudo isso. Entendo mesmo. Mas sua filhinha está aqui e está bem, e está te esperando.

Quarenta e nove

Tudo aconteceu depressa depois disso. Adultos apareceram. A mãe de Raymie chegou, puxou a filha para os seus braços, apertou-a com força e a balançou de um lado para o outro várias vezes. A mãe de Beverly apareceu e sentou com ela na sarjeta, o cachorro entre as duas. E, depois de um tempão, a avó de Louisiana chegou também. Estava vestindo o casaco de peles, sentou ao lado da cama de Louisiana, segurou a mão dela e chorou sem fazer nenhum som.

Raymie contou várias vezes a história do que tinha acontecido, como o carrinho de compras tinha ido parar na água, que Louisiana não sabia nadar e como Raymie a tinha puxado para fora d'água e batido nas costas dela, coisa que ela tinha aprendido com um homem chamado sr. Staphopoulos, que dava um curso chamado Salva-Vidas para Iniciantes.

Apareceu um repórter do jornal *Lister Press*. Raymie soletrou *Tapinski* para ele. Soletrou *Staphopoulos*. Explicou que *Clarke* tinha um *e* no final. O repórter tirou uma foto de Raymie.

E, durante esse tempo todo, Louisiana estava dormindo numa cama branca do hospital. Não falava. Estava com febre alta.

Mas ela ia ficar bem. Todo o mundo sempre repetia que ela ia ficar bem.

Foi Ruthie quem disse:

— Esta menina precisa dormir. As pessoas têm que parar de fazer perguntas para ela, e deixar ela ir para casa dormir.

Mas Raymie não queria ir para casa. Queria ficar onde Louisiana estava. Então Ruthie levou uma cama dobrável para o quarto de Louisiana, onde Raymie se deitou, caindo no sono imediatamente.

E, quando ela acordou, Louisiana ainda estava dormindo e a avó de Louisiana ainda vestia o casaco de peles. Ainda segurava a mão de Louisiana e dormia também. O corredor em frente ao quarto estava iluminado, brilhando com a luz vespertina, como a sala de convivência do Golden Glen.

Raymie levantou-se e ficou parada na porta do quarto, olhando para o caminho iluminado.

Um gato vinha na direção dela.

Raymie ficou ali olhando. O gato foi chegando mais perto. Raymie o reconheceu de seu sonho. Reconheceu o gato que estava na mala da sra. Borkowski.

Era o Archie.

O gato passou roçando por ela. Entrou no quarto, pulou na cama de Louisiana e se aninhou ali, formando uma bolota.

Raymie voltou e se deitou de novo na cama dobrável. Caiu no sono outra vez. Quando ela acordou, já estava escurecendo, e Archie ainda estava aninhado aos pés de Louisiana. Ronronava tão alto que a cama do hospital tremia.

Archie, o Rei dos Gatos. Ele tinha voltado.

Naquela noite, a febre de Louisiana baixou. Ela se sentou na cama.

— Ai, minha nossa. Estou com fome. — Sua voz estava rouca.

E então ela olhou para os pés e viu o gato.

— Archie — falou, como se não fosse surpresa alguma. Inclinou-se para a frente e puxou o gato para os seus braços. Olhou o quarto em volta. — E aí está a vovó. — Ela olhou para a avó, que dormia na cadeira ao lado da cama. E então Louisiana olhou para Raymie. — Aí está você também, Raymie Nightingale.

— Aqui estou eu — disse Raymie.

— Cadê a Beverly?

— Está em casa. Tomando conta do Coelhinho.

— Coelhinho — falou Louisiana numa voz de espanto. — Nós salvamos o Coelhinho. Lembra como nós salvamos ele?

Ruthie entrou no quarto e disse:

— Como esse gato veio parar aqui?

— Ele me achou — disse Louisiana. — Eu o perdi. Ele me perdeu. Nós fomos procurá-lo, e ele me achou.

Raymie fechou os olhos e viu a sra. Borkowski abrindo a mala e tirando Archie de dentro.

— É meio que um milagre — ela disse.

— Não é milagre nenhum — falou Ruthie. — É só um gato. É assim que eles fazem.

Cinquenta

A outra coisa que aconteceu no hospital foi que o telefone tocou no posto das enfermeiras e a ligação era para Raymie.

Ruthie entrou no quarto e disse:

— Tem uma pessoa no telefone para você, Raymie Clarke.

Raymie andou pelo corredor até o telefone. Ainda estava vestindo a blusa de Ruthie. Chegava até os joelhos.

— Alô? — falou Raymie.

Ruthie ficou parada bem do lado de Raymie. Colocou a mão no ombro dela.

— Raymie? — disse a voz do outro lado da linha.

— Pai — respondeu Raymie.

— Eu vi sua foto. Apareceu no jornal e... eu queria saber como você está e ter certeza de que...

Raymie não conseguia pensar no que dizer a ele. Ficou ali segurando o telefone no ouvido. Havia apenas um grande silêncio. Era como tentar ouvir o mar dentro de uma concha e não ouvir nada, jamais.

Era desse jeito.

Depois de um instante, Ruthie pegou o telefone da mão de Raymie e disse:

— Esta menina está cansada. Ela salvou uma pessoa de um afogamento. O senhor entende o que eu estou dizendo? Ela salvou a *vida* de uma pessoa.

Então Ruthie desligou o telefone.

— Ele é um canalha — ela disse para Raymie. — E ponto final. — E pôs as mãos nos ombros de Raymie, conduzindo-a de volta para o quarto de Louisiana. A menina deitou na cama dobrável e caiu no sono de novo.

Quando ela acordou, se perguntou se havia sonhado tudo aquilo.

Do que ela se lembrava, principalmente, era de ter segurado o telefone durante aquele longo silêncio — o silêncio do pai não dizendo nada, e ela não dizendo nada também.

E então ela se lembrou das mãos de Ruthie nos seus ombros, conduzindo-a de volta para o quarto, onde Louisiana estava bem viva, com um gato dormindo aninhado aos seus pés.

Cinquenta e um

Louisiana competiu no concurso de Pequena Rainha dos Pneus da Flórida Central.

Usou as presilhas de coelhinho da sorte e um vestido azul coberto de lantejoulas prateadas. Não girou um bastão. Cantou *Raindrops keep fallin' on my head*.

O concurso foi no auditório Finch. A avó de Louisiana estava lá, assim como Beverly, a mãe dela e a mãe de Raymie. E Raymie.

Ida Nee estava lá, mas não parecia feliz. Ruthie veio do hospital. E a sra. Sylvester veio do escritório da Seguros Clarke. Todas elas sentaram juntas.

O pai de Raymie não estava lá.

Raymie não ficou surpresa – só ficou feliz – quando Louisiana ganhou o concurso e foi coroada Pequena Rainha dos Pneus da Flórida Central.

Mais tarde, depois de Louisiana ser agraciada com um cheque de mil novecentos e setenta e cinco dólares e também com uma faixa que dizia Pequena Rainha dos Pneus da Flórida Central 1975, Beverly Tapinski, Raymie Clarke e Louisiana Elefante foram até o topo da torre Belknap, apesar de Louisiana ter medo de altura.

— Eu tenho medo de altura — disse Louisiana, ainda usando a coroa e a faixa. Ela ficou de olhos fechados e se deitou no chão do mirante.

Mas Raymie e Beverly ficaram em pé junto à grade e olharam.

— Está vendo? — Beverly perguntou a Raymie.

— Estou — respondeu Raymie.

— Digam o que vocês estão vendo — falou Louisiana, que estava com o rosto virado para baixo, no chão, e se recusava a ficar em pé.

— Tudo — disse Raymie.

— Descrevam — pediu Louisiana.

— Estou vendo a lagoa Swip e os cisnes, o lago Clara e o hospital. Estou vendo o Golden Glen e a Seguros Clarke. Estou vendo a casa da Ida Nee e o mercadinho Pague e Leve. Estou vendo o Prédio Dez — falou Raymie.

— Que mais? — perguntou Louisiana.

— Estou vendo a cabeça de alce da Ida Nee, e estou vendo o pote de balas na mesa da sra. Sylvester. Estou vendo o fantasma de Clara Wingtip. Estou vendo o passarinho amarelo do Golden Glen.

— Ele está voando? — perguntou Louisiana.

— Está — respondeu Raymie.

— Que mais? — perguntou Louisiana.

— Estou vendo a Ida Nee girando o bastão. Estou vendo a Ruthie. Ela está acenando para nós. E lá está o Archie. E o Coelhinho.

— Não chame ele de Coelhinho — disse Beverly, que tinha rebatizado o cachorro de Buddy.

Depois de um tempo, Beverly foi buscar Louisiana no chão e a trouxe até a grade.

— Abra os olhos — disse Beverly — e veja você mesma.

Louisiana abriu os olhos. — Ai, minha nossa! — ela exclamou. — Estamos tão alto.

— Não se preocupe — disse Beverly. — Estou te segurando.

Raymie pegou a mão de Louisiana.

— Eu também estou te segurando.

As três ficaram paradas assim por um bom tempo, olhando para o mundo lá embaixo.

Caro(a) leitor(a),

Aqui vão alguns fatos:

Cresci numa cidadezinha na Flórida Central.

Competi no concurso de Pequena Rainha Flor de Laranja.

Não ganhei.

Meu pai abandonou a família quando eu era muito pequena.

Eu sentia falta dele, procurava jeitos de trazê-lo de volta.

Não sei cantar.

Não sou corajosa.

Tentei fazer boas ações, e essas boas ações muitas vezes deram errado.

Eu me preocupava com a minha alma.

Fiz aulas de girar bastão.

Não consegui aprender a girar bastão.

Fiz boas amigas.

Estas amigas ficaram comigo, do meu lado, perto de mim.

Elas me ajudaram a entender que o mundo é belo.

A história de Raymie é totalmente inventada.

A história de Raymie é a história absolutamente verídica do meu coração.